## *"El final del Apache"*

### MARCIAL LAFUENTE
# ESTEFANIA

Lady Valkyrie
Colección Oeste®

## Lady Valkyrie, LLC
## United States of America
## Visit ladyvalkyrie.com

Published in the United States of America

**Lady Valkyrie** and its logo are trademarks
and/or registered trademarks of Lady Valkyrie LLC

**Lady Valkyrie Colección Oeste** is a trademark
and/or a registered trademark of Lady Valkyrie LLC

First published as a Lady Valkyrie Colección Oeste novel.

Design and this Edition © 2020 Lady Valkyrie LLC

ISBN 978-1619517653

Library of Congress Cataloguing in Publication Data available

# Índice por Capítulos

# Capítulo 1

El representante de la ley, fue a sentarse en su silla... Estaba algo cansado. Hacía poco que había llegado de dar una vuelta por las calles.

Pensaba que había sido un pueblo muy tranquilo, pero desde hacía ya muchos meses, la paz se había terminado.

Últimamente tenía muchos problemas.

Él sheriff era un hombre decidido y valiente pero reconocía que su trabajo se hacía cada vez más peligroso. A veces, tenía ganas de dimitir.

Se interrumpieron sus pensamientos al abrirse la puerta con brusquedad.

—¡Sheriff! Otra vez hay problemas. Debe ir rápidamente al local de Maud.

—¿Qué sucede...? —preguntó el de la placa, al tiempo de levantarse de la silla donde estaba sentado.

—¡Scrigh otra vez!

—¿Ha vuelto a pelear?

—¡Ya lo creo! Si no se da prisa, matará a golpes a Blue.

—¿Cómo empezó la cosa?

—¡Como siempre...! ¡Scrigh no quiere que Maud hable con los muchachos...! Sigue asegurando que es su novia.

—Pues no será porque Maud...

—¡Deje de hablar y vaya corriendo!

—Tendré que encerrar a Scrigh una temporada... —comentó, molesto, al tiempo que se ponía en movimiento.

El ranchero que fue a avisar al sheriff se puso al lado de éste.

—Sus abusos son excesivos... —declaró.

—¡No te preocupes...! Esta vez le va a costar el sueldo de un mes, si desea seguir en libertad. ¡Se ha convertido en el matón de la comarca!

—Lleve mucho cuidado —advirtió el ranchero—. ¡Está algo bebido y, si le molesta demasiado, le atacara también a usted!

—No creo que tenga el suficiente valor como para enfrentarse a mí.

—Piense en el patrón de Scrigh... —advirtió de nuevo el ranchero—. David Smith es muy temido, así como sus hombres.

—¡Eso no me preocupa! ¡No estoy dispuesto a tolerar más los abusos de ese matón!

Siguieron hablando mientras caminaban, a buen paso, hacia el local de Maud.

Mientras tanto, en el saloon de la joven, Scrigh reía, contemplando el cuerpo de Blue sobre el suelo.

Estaba sin sentido, y con el rostro completamente desfigurado.

—¡Eres un miserable! —decía Maud, mientras atendía al inconsciente.

—¡Estoy cansado de decir a todos que no les quiero ver hablando contigo!

—¡No eres nadie para prohibirlo!

—¡Eres mi novia!

—¡No me hagas reír! Antes sería capaz de matarme, que permitir que tus manos me hiciesen una caricia.

—¡No me hagas perder los estribos otra vez, Maud!

—Ya sé que serías muy capaz de golpearme a mí también, pero te aseguro que, si lo intentas, te mataré gustosa.

Un vaquero del rancho en que Scrigh era capataz dijo a éste:

—¡Ahí viene el sheriff!

—¡Déjale! —replicó, sonriendo—. No tiene nada contra mí. Vosotros sois testigos de que fue Blue el que comenzó la pelea, ¿no es así?

Como la pregunta fue dirigida a todos los reunidos, éstos movieron afirmativamente sus cabezas.

Sabían que, de no hacerlo así, sería capaz de matar con sus puños a quien no estuviese de acuerdo.

Maud seguía cuidando del pobre Blue.

Era una mujer joven y bonita.

El de la placa entró, decidido, en el local, y al ver el cuerpo inconsciente de Blue, se aproximó a él.

Al contemplar el rostro de aquel muchacho, miró con intenso odio a Scrigh, diciendo:

—¡Esto es demasiado!

—Lo siento, sheriff, pero no debió provocarme...

—¡Eres un embustero! Conozco muy bien a Blue, y estoy seguro que no fue él quien provoco la pelea.

—No debe insultarme. ¡Es muy peligroso! Antes debe interrogar a los testigos, y verá que fue Blue quien me golpeó primero —aconsejó, sonriendo, Scrigh.

—¡Eso no es verdad...! Blue estaba hablando conmigo tranquilamente cuando entró Scrigh, y, sin previo aviso, le golpeó ferozmente, sin darle tiempo siquiera a la defensa. ¡Es un cobarde! —Exclamó Maud.

—No debe escuchar las palabras de quien me odia... Puede interrogar al resto de los reunidos. ¡Ellos dirán la verdad!

—Es cierto, sheriff... —dijo el vaquero amigo de Scrigh—. Fue Blue quien le golpeó primero...

—¡Embustero! —Gritó Maud—. Si fuera hombre, te haría confesar la verdad...

—No debes irritarte, preciosidad... —advirtió, burlonamente, Scrigh.

—Debes guardar silencio, Maud. Yo me encargaré de dar su merecido a Scrigh. ¡Esta vez se ha sobrepasado!

—Escuche, sheriff... ¡No me obligue a hacer lo mismo con usted!

El de la placa, sin que nadie lo esperase, empuñó sus armas y ordenó:

—¡Levanta las manos! ¡Esta vez tendrás que pagar tu abuso!

Scrigh contemplaba rabioso aquel «Colt» que el representante de la ley empuñaba con mucha firmeza.

—¡Esto sí que es un abuso! —gritó.

—¡Levanta las manos si no quieres que dispare! —ordenó de nuevo.

Scrigh debía conocer muy bien al sheriff, ya que no se hizo repetir la orden.

—¡Esto le pesará! —exclamó.

El sheriff, en silencio, se aproximó al provocador y le desarmó.

—¡Camina! Pasarás una temporada a la sombra.

—¡Esto es un abuso de autoridad!

—Di cuanto quieras, pero camina.

Scrigh se puso en movimiento.

Iban a salir cuando Maud, con un «Colt» en su mano, gritó:

—¡Deja el arma quieta!

Se volvió el sheriff, y al ver que uno de los

compañeros de Scrigh tenía una mano apoyada en la culata de su «Colt», comprendiendo lo que pensaba hacer, dijo:

—¡Acompáñanos! ¡En la sombra meditarás sobre lo cobarde de tu actitud!

El vaquero, completamente pálido, miró con intenso odio a Maud y después explicó:

—Yo no pensaba hacer nada.

—¡Hay muchos que se han dado cuenta de tus intenciones...! ¡Camina y no me hagas perder la paciencia!

Cuando el vaquero pasaba a su lado, le desarmó.

Y minutos más tarde, los dos hombres de David Smith quedaban encerrados.

—¡Esto os vendrá muy bien!

—¡Le mataré tan pronto salga de aquí! —gritó Scrigh.

—¡Procura no hacerme perder la paciencia...! Podría liquidaros y después decir que quisisteis traicionarme. Sería sencillo para mí colocaros un «Colt» a cada uno después de muertos.

Tanto Scrigh como su compañero, ante estas palabras, guardaron silencio.

El sheriff, sonriendo, salió de su oficina.

Al quedar solos, juraban y maldecían contra el representante de la ley.

—¡Tan pronto como salga, me las pagará Maud! —decía el otro vaquero.

—¡Se arrepentirá de haber hablado como lo hizo! —agregó Scrigh.

—El patrón se encargará de ponernos en libertad.

—No resultará nada sencillo. ¡Este sheriff es muy cabezón cuando se decide a actuar! Creo que el patrón se enfadará mucho con nosotros.

El de la placa entró de nuevo en el local de Maud.

Blue acababa de volver en sí.

—No debiste pelear con él, Blue... ¡Es mucho más fuerte que tú!

—Yo no peleé... ¡Me golpeó a traición cuando hablaba con Maud...! No tenía más remedio que intentar defenderme de sus golpes.

—El asegura que fuiste tú el primero en golpear...

—¡Eso no es cierto! Pueden decírselo todos ésos.

El sheriff miró a los reunidos y preguntó:

—¿Por qué no os atrevisteis a decir antes la verdad?

—Ya conoce a Scrigh... Si lo hubiéramos hecho, nos hubiera golpeado con la misma brutalidad que a Blue.

—¡Sois unos cobardes!

—Debe comprendernos... —agregó otro, molesto por aquel insulto.

—¡No puedo comprender vuestra actitud! Pero ahora no está él presente, y espero que me digáis toda la verdad... ¿Cómo sucedió?

Uno de ellos explicó con todo detalle lo ocurrido minutos antes con Scrigh y Blue.

El representante de la ley no hizo el menor comentario.

Atendió a Blue, diciéndole:

—Debes ir a visitar al médico.

—Sí. Ahora mismo iré.

—¡Espero que ese miserable escarmiente!

—No debe enfrentarse a ellos —aconsejó Blue—. ¡Son mala gente!

—Lo sé, pero no puedo permitir estos abusos.

—¡Gracias por su ayuda!

Y Blue salió del local.

Los vecinos de Tombstone preguntaban al muchacho por lo sucedido... Cuando lo explicaba, todos coincidían en el mismo calificativo hacia Scrigh.

El médico le reconoció con detenimiento, diciéndole:

—¡Te ha golpeado cómo un salvaje! Pero no debes preocuparte... Pronto bajará la hinchazón y tu rostro quedará sin ninguna señal.

Blue agradeció la amabilidad con que el doctor le trató, y se dirigió hacia el rancho.

Era capataz de Tab Hobson.

Este era un muchacho joven, que poseía uno de los ranchos más hermosos de toda la comarca.

La hermana de Tab, Nancy, fue la primera que se fijó en el rostro de Blue, gritando angustiada:

—¿Quién te ha hecho eso?

—Scrigh... —respondió el muchacho.

—¡Cobarde! ¡Qué rostro te ha puesto!

—Pronto volverá a su forma normal.

—¿Cómo sucedió?

Blue explicó a su patrona lo sucedido.

—¡Miserable! ¡Cobarde! —exclamó la joven.

—Pero el sheriff les ha encerrado... —comentó Blue.

—¡Ha hecho muy bien!

—¿Dónde está Tab?

—Con el nuevo vaquero, recorriendo el rancho... ¿Te ha visto el médico?

—Sí.

—¿Qué ha dicho?

—Que pronto estaré bien... ¿Hacia qué parte fueron?

—Hacia el sur...

—Voy a salir a su encuentro.

—No debes hacer nada, Blue ¿Te duele?

—Un poco.

—Debes acostarte y descansar...

—Antes me gustaría hablar con Tab.

—Tan pronto como llegue, le diré lo sucedido e irá a verte.

Blue, que en realidad estaba deseando ir a descansar, ya que le dolía todo el cuerpo, aceptó la idea de la joven patrona.

Los vaqueros que había en las proximidades del rancho, cuando se enteraron de lo sucedido, quisieron montar a caballo e ir hasta el pueblo.

—No debéis hacerlo —les dijo Nancy—.

Además, no encontraréis a Scrigh, ya que el sheriff lo ha encerrado.

Esto hizo que se tranquilizaran aquellos hombres que estaban dispuestos a vengar a su capataz, al que querían y estimaban.

Todos pasaron por la habitación del joven. Este agradeció las pruebas de simpatía que demostraron hacia él.

Tan pronto como llegó Tab, le comunicó su hermana lo sucedido.

—¡Miserable! —exclamó.

Y sin más comentarios, se dirigió hacia la habitación del capataz.

Cuando vio el rostro de Blue, insultó y amenazó irritado a Scrigh.

Dan Johnson, como se llamaba el vaquero que hacía tan sólo dos semanas que trabajaba en el rancho, al enterarse de lo sucedido al capataz, fue a visitarle.

Blue agradeció esta visita.

Una vez que salieron del cuarto, comentó Tab:

—¡El sheriff se buscará serias complicaciones con estas detenciones!

—Ha cumplido con su deber —comentó Dan.

—Si conocieras a los hombres de David Smith, pensarías como yo.

—Sin conocer al sheriff, le admiro... ¡Es un hombre valiente y justo!

—Pero tendrá serios disgustos con los compañeros de Scrigh...

—A pesar de ello, ha sabido cumplir con su deber.

—Es una verdadera pena que yo no sea lo suficiente fuerte para enfrentarme a ese matón... La tranquilidad de este pueblo desapareció desde que llegaron David Smith y Rock Clovis —se lamentó Tab.

—Rock Clovis, ¿no es el padre de tu novia?

—Sí, pero desconfío de él. Es muy amigo de Smith.

Minutos más tarde, hablaban de asuntos del rancho.

Nancy, cuando terminaron el trabajo, preguntó a Dan:

—¿Quieres que paseemos como ayer?

—¡Encantado! —exclamó el joven.

Tab miró a su hermana, sonriente, y dijo:

—Creí que irías hasta el pueblo.

—Prefiero hablar con Dan... Tiene una conversación amena y entretenida.

—Ayer prometí a Beth y a su hermano que me acompañarías.

—¡Créeme que lo siento, Tab...! Pero prefiero quedarme en el rancho. Además, ya sabes que no me agrada el hermano de Beth. ¡Su mirada fría me produce miedo!

—Por mí, no lo hagas. Si quieres, os acompañaré hasta el pueblo —dijo Dan.

—Prefiero pasear por el rancho.

—También yo.

Tab, una vez que se aseó, se despidió de los jóvenes.

Nancy y Dan marcharon a pasear por el rancho.

# Capítulo 2

David Smith estaba en el rancho de Rock Clovis cuando se enteró de la detención de su capataz y del otro vaquero.

—Te dije más de una vez, David, que tendrías un disgusto con el sheriff. No es una persona que se acobarde.

—¡Scrigh es un estúpido...! —Exclamó David—. Esto harto de advertirle que no me agrada su comportamiento. ¡No haré nada para ponerle en libertad!

—Pues eso tampoco puedes hacerlo, David... —intervino Richard, hijo de Rock—. Debes pagar la multa que el sheriff imponga, para dejar en libertad a Scrigh... Una vez este libre, puedes hablar seriamente con él para que cambie de actitud... Por él nos van a odiar todos los vecinos de Tombstone. Provoca muchos disturbios donde Maud. Le debías prohibir que vaya a ese local. Sabe que Maud le odia.

—¡Es un pendenciero! ¡No me hará mucho caso!

—Sabes que no somos muy estimados ninguno de nosotros. —Dijo Rock—. Debes procurar que Scrigh cambie de proceder.

—Yo estaba de acuerdo con su comportamiento... Estaba deseando saber lo que haría el sheriff. Reconozco que no esperaba esta actitud firme, por parte del sheriff.

—Ya te advertí que es un hombre decidido... ¡No es fácil asustarle!

—Ahora lo que debes procurar es que Scrigh quede en libertad. Después pensaremos en la forma de vengarnos —comentó Richard.

—¡No quiero jaleos! —dijo Rock, muy serio.

—No debes preocuparte, papá...

—He dicho que no quiero que se provoque al sheriff. ¡Nos daría un serio disgusto!

—No lo creas, Rock...

—Debéis escuchar mis consejos. Es muy estimado por todos los vecinos del pueblo, y le apoyarán si es necesario.

—Puede que estés en lo cierto... Aunque dudo que los vecinos le apoyasen... No les considero lo suficiente valientes como para enfrentarse a nosotros abiertamente.

—Ya hablaremos de esto en otro momento. Ahora creo que debes ir hasta el pueblo y tratar de convencer al de la placa. Scrigh es muy necesario en tu rancho. Es el que conoce mejor la frontera.

—Temo que mis hombres quieran ponerle en libertad con la ayuda de sus «Colts».

—¡Debes evitarlo!

—¡Espero llegar a tiempo...! Aunque me alegraría que los muchachos le diesen una lección a ese viejo orgulloso —dijo David, sonriendo.

Se aproximó un vaquero a ellos.

—Mister Smith... Sus muchachos se han ido hacia el pueblo. Me encargaron le dijera que le esperarían en el local de Tommy, en compañía de Scrigh.

—¡Vamos! —Exclamó Rock—. ¡Debes evitar que cometan una barbaridad!

—Creo que llegaremos tarde...

Los tres montaron a caballo y les obligaron a cabalgar al máximo.

Cuando entraron en Tombstone había un gran revuelo.

—¿Qué sucede? —preguntó Rock a un transeúnte.

—Los vaqueros de mister Smith están rodeando la oficina del sheriff. Quieren obligar a éste a que ponga en libertad a los detenidos.

Cuando entraron en la plaza, donde estaba la oficina del representante de la ley, vieron a los hombres de Smith con las armas empuñadas y rodeando la oficina.

El sheriff gritaba en aquel momento:

—¡Dispararé a matar sobre el primero que se aproxime a esta oficina!

—¡Le damos cinco minutos para que ponga en libertad a Scrigh y al otro compañero! ¡Si no lo hace, quemaremos la oficina!

—¡No conseguiréis asustarme...! —Gritó de nuevo—. ¡Si os ponéis pesados, cuando entréis en esta oficina encontraréis muertos a vuestros compañeros! ¡Os lo prometo! Me debéis respeto y...

—¡No pierda el tiempo...! —gritó otro, interrumpiéndole—. ¡Los minutos se van con mucha rapidez!

La mayoría de la población estaba contemplando la escena, sin atreverse a intervenir en favor del representante de la ley.

La actitud de los hombres de Smith no dejaba lugar a dudas.

El sheriff, dirigiéndose a los vecinos, dijo:

—¡Vosotros debéis ayudarme! ¡Es vuestro deber!

—¡No pierda el tiempo...! Si alguno de éstos

intenta hacer algo contra nosotros, les mataremos a todos.

Smith, poniéndose entre la oficina y sus hombres, ordenó:

—¡Dejad al sheriff en paz, muchachos! ¡Yo trataré de arreglar este asunto por la vía legal! ¡Marcharos!

—¡No estamos de acuerdo, patrón! —Gritó el que hacía de cabecilla—. ¡Ha sido una injusticia la detención de Scrigh!

—¡He dicho que dejéis al sheriff en paz! ¡Es una orden!

—Este es un asunto que nos concierne a todos... ¡Lo sentimos, patrón, pero si pasado el lapso de tiempo que hemos dado, no salen Scrigh y Blanding, quemaremos la oficina!

Smith, que en el fondo estaba totalmente de acuerdo con el proceder de sus hombres, no hizo muchos esfuerzos, pero por temor a que los reunidos se diesen cuenta de cuál era su verdadera actitud, dijo:

—Debéis dejar que hable yo con el sheriff... Si no consigo que le ponga en libertad, podréis actuar a vuestra manera... ¿De acuerdo?

Los vaqueros se miraron entre ellos, y el que hacía de jefe dijo:

—¡Está bien, patrón! ¡Inténtelo!

Smith, mirando hacia la oficina del representante de la ley, gritó:

—¡Sheriff! Quiero hablar con usted.

—Puede acercarse.

Smith entró en la oficina.

Tan pronto como lo hizo, los vaqueros se aproximaron a la puerta, pero el de la placa, disparando el rifle que empuñaba, advirtió:

—¡Debéis quedaros donde estabais!

Maldiciendo, los hombres de Smith obedecieron.

—No es justa su actitud... —dijo Smith.

—¡Estoy cumpliendo con mi deber...! ¡Yo sé perfectamente lo que es justo y lo que deja de serlo!

—He venido para hablar con usted sobre los dos detenidos.

—¡Que no pondré en libertad...!

—No sea tozudo. Si no llegamos a un acuerdo, no respondo de lo que mis hombres puedan hacer.

—¡No crea que conseguirá asustarme!

—No trato de asustarle, sino de prevenirle contra lo que pueda suceder.

—Scrigh está detenido por alterar el orden, pegando a traición a Blue... Y Blanding, porque quiso dispararme por la espalda. ¡Quedarán encerrados una temporada!

—Puedo pagar la multa que imponga por dejarles en libertad... Es una medida muy razonable, que debe aceptar.

—¡No lo haré, mister Smith! Y diga a sus hombres que si intentan algo contra mí, serán colgados todos ellos.

—Ha visto que está solo... Nadie se atreve a ayudarle en su tarea. ¿Por qué insiste en lo que no deja de ser una locura?

—¡Cumplo con mi deber, aunque tenga que enfrentarme con todos los vecinos de Tombstone!

—Está irritado por la actitud de mis hombres, y le comprendo... Por ello, le pido que se serene y comprenda que es muy justo lo que le propongo. ¡Le prometo que Scrigh no volverá a abusar de nadie, ni alborotará el orden público otra vez!

El sheriff miró a Smith en silencio.

Durante unos minutos quedó pensativo.

El ranchero le contemplaba sonriendo.

—¡Está bien...! —exclamó—. Mañana pondré en libertad a esos dos hombres, previo pago de cincuenta dólares. ¡Tendrán que permanecer veinticuatro horas en la cárcel!

—No provoque a mis muchachos. ¡Le aseguro que, irritados, son muy peligrosos!

—Si no está de acuerdo con mi decisión, puede marcharse.

—¿No comprende que es una locura?

—¡Mañana les pondré en libertad, bajo el pago de cincuenta dólares!

Smith miró muy serio al sheriff y exclamó:

—¡Está bien! ¡Pero si mis vaqueros no están de acuerdo, lo sentiré por usted!

—Venga mañana con los cincuenta dólares y se llevará a sus dos hombres... ¡Pero no antes de las veinticuatro horas de arresto!

—¡Es usted un tozudo!

—¡Cumplo con mi deber!

—¡En este pueblo existe un juez y es él quien debe...

—¡No insista, mister Smith! Si no está de acuerdo con mi proceder, lo siento.

—¡Es cuestión del juez el imponer el castigo! ¡No de usted!

—De acuerdo... Mañana serán juzgados. El juez decidirá.

Smith, en silencio, salió rabioso de la oficina.

Se reunió con sus hombres y les explicó el acuerdo a que habían llegado.

—¡No estoy conforme! —exclamó uno.

—¡Ni yo!

—¡Ni yo!

Ninguno de sus hombres lo aceptaba.

—Debéis dejar que las cosas se hagan por la vía legal... El sheriff tiene razón para oponerse a nuestro capricho. Tendremos dificultades si no me escucháis.

—¡Lo siento mucho, patrón...! ¡Pero dentro de cinco minutos tienen que estar Scrigh y Blanding con nosotros, tomando un whisky!

—¡Si no desea intervenir, será preferible que se aleje de aquí...! Seremos los únicos responsables de lo que suceda.

Smith, encogiéndose de hombros, se marchó.

Se reunió con Rock Clovis y su hijo, diciendo:

—¡Es muy tozudo!

—Debes hacer que tus vaqueros te obedezcan —dijo Rock.

—¡Ya ha visto que ha sido perder el tiempo!

—Creo que haces bien... —dijo Richard Clovis—. ¡Es preciso que se le dé una buena lección a ese hombre!

En aquel momento entraban Tab y Beth en el pueblo.

Se reunieron con el padre y hermano de la chica, preguntando lo que sucedía.

Cuando Tab se enteró, afirmó:

—¡Estoy de acuerdo con la actitud del sheriff!

—No es justo, Tab... —replicó Rock Clovis.

—Lo siento, pero no pensamos de igual forma —contestó el joven.

—Tab tiene razón, papá... —medió Beth—. Son muchos los abusos que ha cometido el salvaje de Scrigh.

—Estos no son asuntos de mujeres —dijo muy serio el padre.

—Debes perdonarme, Beth —declaró Tab—. Pero voy a ayudar al sheriff.

—¡No seas loco! —Advirtió Smith—. Mis hombres están muy furiosos y sentiría que pagases las consecuencias.

—Espero convencerles.

Y Tab se dirigió hacia la oficina del representante de la ley.

Beth quedó en compañía de sus familiares.

Tab, dirigiéndose a los hombres de Smith, levantando la voz, dijo:

—¡Escuchadme un momento, muchachos! Comprendo que os duela lo que el sheriff ha hecho, pero debéis reconocer que si queremos tener tranquilidad en este pueblo, es muy justa su actitud.

—¡Será preferible que no intervengas en esto! —gritó uno de aquellos hombres.

El de la placa, que escuchó estas palabras, medió:

—¡Perderás el tiempo, Tab! Están dispuestos a cometer una injusticia, pero te aseguro que les costará cara, si continúan por el mismo camino.

¡Debes alejarte...! ¡No te mezcles en este asunto!

—No debéis obligarle...

—¡Cállate, Tab...! —Le ordenó uno de aquellos hombres—. ¡No queremos saber tu opinión sobre este asunto! ¡No nos importa!

Hobson, molesto, dio la espalda a aquellos hombres y se dirigió hacia la oficina.

Uno de ellos disparó su «Colt», y la bala se incrustó en el suelo, y muy próxima a los pies del joven.

Este se volvió, sereno.

—¿Qué piensas hacer, Tab? —preguntó el que había disparado.

—Voy a reunirme con el sheriff para ayudarle. ¿Por qué?

—Será preferible que no des un paso más... ¡Esta vez no dispararía al suelo!

Beth, al darse cuenta de lo sucedido, echó a correr.

Abrazándose a Tab, le dijo:

—Debes obedecer. Si no lo haces, serán capaces de matarte.

—No puedo dejar que se impongan...

—¡No seas tonto y escucha las palabras de Beth!

—Esto es un verdadero abuso. Pero espero que en otra ocasión las cosas rueden de distinta forma.

—¡Tab...! —Gritó el sheriff—. ¡Agradezco tu intención, pero será preferible que les obedezcas! Son lo suficientemente cobardes como para disparar por la espalda. No debes preocuparte. Sabré defenderme en caso de necesidad.

Tab, comprendiendo que sería un suicidio oponerse a aquellos hombres, se alejó y fue en busca de Beth.

—Smith no debería consentir esto...

—En el fondo, estoy segura de que se alegra de la actitud de sus hombres.

—¡No hay duda! Pero temo que el pobre sheriff pague las consecuencias... ¡He de ayudarle como sea! No puedo dejarlo solo.

—No debes intervenir... ¡Te matarían! —replico, asustada, Beth

—Creo que no se atreverán a derramar sangre... ¡Serían colgados!

—Pero... ¿Quiénes se encargarían del castigo...? —Preguntó Beth, sonriente—. ¿Los cobardes vecinos de Tombstone...? ¡No, Tab! ¡No se atreverían ni siquiera a intentarlo! ¡Mírales a todos! Sólo saben temblar. Ninguno es capaz de hacer nada por ayudar al sheriff. ¡Todos ellos son unos cobardes!

Tab guardó silencio, ya que reconocía que aquellas palabras de su prometida eran ciertas, lamentablemente.

Pensando en ello, minutos después, sus ojos se animaron.

—¡Acompáñame! —dijo, al tiempo de dirigirse hacia su caballo.

—¿Adónde vamos?

—¡Hasta mi rancho!

—¿Qué piensas hacer?

—Voy a hablar con mis muchachos. Si ellos quieren, echaremos una mano al sheriff.

—¡Sería una locura!

—No me preocupa... ¡He de ayudarle! Es una persona que merece nuestra confianza y respeto.

—Piensa que será enfrentarte al equipo de Smith...

—¡No me preocupa!

—Pero puede que a tus hombres, sí.

—Acompáñame, y no insistas.

Beth se encogió de hombros y montó sobre su caballo.

Por el camino trató de hacer comprender a Tab que sería una terrible provocación a los hombres de Smith, y que ello daría resultados catastróficos en el futuro, pero él estaba dispuesto a ayudar al de la placa y no había forma humana de convencerle.

Al llegar al rancho, mandó reunir a todos sus hombres y les habló de lo que sucedía.

Expuso su idea y todos, en general, estuvieron

de acuerdo con él.

—¡Muchas gracias, muchachos! —Exclamó, Tab muy contento—. ¡Coged vuestros rifles! ¿Dónde está Dan?

—Hace más de una hora que se marchó, en compañía de la patrona, a pasear.

—Bien... Seremos más que suficientes...

Minutos más tarde, siete hombres acompañaban a los jóvenes.

Por el camino, Tab les fue instruyendo en la forma de actuar.

No quería que disparasen. Tan sólo pretendía que los hombres de Smith, al ver que el sheriff era apoyado por la razón y las armas, comprendieran que su actitud no era lógica. Y se retirasen.

# Capítulo 3

El sheriff fue requerido por los presos.

Cuando se aproximó a la celda en que estaban encerrados, preguntó:

—¿Qué queréis?

—Hacerle comprender el error de su actitud... Son muchos, y hombres decididos.

—¡Debe dejarnos ahora mismo en libertad...! ¡De lo contrario, nuestros compañeros le matarán! —dijo Blanding, riendo.

—Si insisten, puedo aseguraros que vosotros no veréis mi cadáver.

Y dicho esto, se alejó de la celda.

—Es muy tozudo este hombre... —decía Scrigh.

—Y le creo muy capaz de cumplir su promesa... —agregó Blanding, preocupado.

—No lo creo... ¡No es persona que cometa una injusticia!

—Pero en el fondo, aunque le odie, le admiro... —añadió Blanding.

—Lo mismo me sucede a mí. ¡Así es como me hubiera gustado ser toda mi vida! ¡Es digno de admiración!

Blanding miraba a Scrigh, sorprendido por sus palabras.

—Pero a pesar de sentir admiración hacia él... —agregó Scrigh—. Tan pronto como me vea en libertad, sabré vengarme.

Guardaron silencio para escuchar lo que hablaba el sheriff con sus compañeros.

—¡Pronto empezará a anochecer! —decía una voz conocida para ellos—. ¡Entonces entraremos en su oficina!

—No creo que tengáis el suficiente valor para aproximaros.

—¡Ha debido perder el juicio! ¡Nosotros le obligaremos a recobrarlo!

—Si intentáis entrar en esta oficina, Scrigh y Blanding serán los primeros que caigan.

—¡Pero entonces usted no tendrá salvación!

El sheriff hablaba detrás de una ventana.

Se oyó una detonación de «Colt» y la bala se incrustó a pocas pulgadas de la cabeza del representante de la ley.

Este supo quién lo hizo y gritó:

—¡Si volvéis a disparar, lo haré yo también!

El que había tirado, fallando, volvió a repetir el disparo. Esta vez rozó un hombre del sheriff, que sobresalía un poco.

Scrigh, dándose cuenta de que había sido herido, aconsejó:

—¡No insista, sheriff! ¡Terminarán matándolo!

El de la placa, mirando muy serio al prisionero, guardó silencio.

Después de comprobar que tan sólo había sido un rasguño, empuñó el rifle y buscó al autor del disparo.

Estaba tras unos cajones que había frente a la

oficina.

Esperó con paciencia a que se descubriera y, cuando lo hizo, apretó el gatillo... El que había disparado dos veces contra él, cayó sin vida.

Esto asustó al resto dicho.

—No debió disparar... —dijo uno de los compañeros del muerto.

Uno de los hombres de Smith, al tiempo de dirigir sus «Colts» contra la ventana en que suponían se encontraba, dijo:

—¡Esto le costará la vida!

Pero el de la placa se encontraba muy bien protegido.

—¡Os iré matando uno a uno, si insistís en vuestros propósitos...! ¡Si he disparado a matar sobre ése, es porque me ha herido!

Esta noticia alegró a los hombres de Smith.

Uno propuso a sus compañeros:

—Disparad sin interrupción. ¡Yo entraré en la oficina!

Así lo hicieron, pero el sheriff, dándose cuenta del verdadero motivo de aquel fuego sin descanso, dejó el rifle y empuñó uno de sus «Colt», situándose en lugar estratégico.

Cuando el vaquero de Smith llegó a la puerta, la abrió de repente, al mismo tiempo que disparaba hacia la ventana ante la que suponía que estaba el sheriff.

No pudo comprender su error, ya que éste hizo fuego una sola vez, matándole.

Mirando a Scrigh y a Blanding, les dijo:

—¡Esto es lo que les sucederá a vuestros compañeros, si insisten! ¡No soy una pieza nada fácil de coger!

Después se aproximó a la ventana, gritando:

—¡Otro traidor acaba de perder la vida!

Los compañeros de los muertos se miraron sorprendidos. En principio, creyeron que habría tenido éxito.

Smith, al enterarse de estos sucesos, fue hasta la

plaza para tratar de convencer a sus hombres.

Pero ahora estaban mucho más enfurecidos con la pérdida de los dos compañeros, y no sólo no le hicieron caso, sino que le amenazaron.

En aquel momento, Tab entró en la plaza, en compañía de sus vaqueros.

Beth se había separado de ellos. Esperaría donde una amiga.

Cuando todos sus hombres estuvieron bien resguardados, levantando la voz, dijo:

—¡Debéis dejar en paz al sheriff, si no queréis morir todos! ¡Estáis vigilados por mis hombres, y al menor intento de traición, moriréis!

Los vaqueros de Smith se miraron sorprendidos, sin saber qué hacer.

Pero al ver que las palabras de Tab eran respaldadas por varios rifles, hablaron entre ellos, y minutos después abandonaban la plaza.

Un odio mortal se apoderó de ellos.

Tab sabía que, a partir de entonces, tanto sus hombres como él tendrían que vivir muy alerta. ¡Se había declarado la guerra entre los dos ranchos!

David Smith, que estaba con los Clovis en el local de Tommy, al enterarse de la intervención del joven, comentó:

—¡La guerra ya ha comenzado...! A partir de ahora los disturbios en Tombstone no serán por peleas sino con plomo. No se acabará hasta que matemos a todos ellos... Tab tendrá que sufrir las consecuencias de su estúpida intervención.

—Debes reconocer que es justo que tratase de ayudar al sheriff.

—No discuto lo que sea o deje de ser justo... ¡Ha provocado a mis hombres, y ya no habrá paz hasta acabar con ellos!

—Sabes que puedes contar con todos nosotros... —dijo Clovis.

—Piensa que la lucha será contra el futuro esposo de tu hija.

—¡Eso no me preocupa! No me importa nada...

Al contrario... Me alegraría que le sucediese algo a Tab, antes de que contrajeran matrimonio.

—Ya conoces a mis hombres... ¡La sangre correrá por Tombstone!

Mientras tanto, Tab entró en la oficina del representante de la ley.

Este le agradeció su intervención.

—Creo que cometí un error muy grande al no permitir que éstos dos quedaran en libertad... —se lamentaba.

—Ha cumplido con su deber y puede estar orgulloso de ello.

—Pero tú no debiste intervenir. A partir de ahora, estarás en peligro.

—No se preocupe por mí. No sucederá nada.

—No lo creo así... En realidad, pienso que la paz acaba de desaparecer de Tombstone, y no reinará otra vez hasta que los hombres de Smith hayan caído todos... ¡Piensa que la guerra será entre tu rancho y el de Smith!

—Lo sé... Aunque trataré de hablar con él para conseguir que nos entendamos. Smith tendrá que reconocer que mi actitud es la lógica de un vecino de la localidad que tiene el deber moral de ayudar al sheriff.

—No te escuchará.

Tab empezó a preocuparse también.

El médico vio la herida del sheriff, diciendo que no tenía importancia.

Tab se reunió con Beth, que había ido a casa de una amiga y, en compañía de todos sus hombres, fueron hasta el local de Maud.

Esta, que estaba enterada de lo sucedido, dijo a Hobson:

—¡Ya podéis vivir alerta! ¡Acabas de declarar la guerra a los hombres de Smith! Yo les conozco bien, y puedo asegurarte que carecen de sentimientos... Beth debió intentar hacerte comprender el error de tu actitud.

—Lo intenté, Maud —dijo ella—. Pero no me

escuchó.

—¡Mal hecho!

—Danos ahora de beber... Creo que lo necesitamos —dijo Tab, sonriendo.

Y ante la bebida que les sirvió la joven, siguieron hablando animadamente.

—¿Qué tal está Blue? —preguntó Maud.

—Igual... Aunque el doctor le aseguró que pronto se restablecería.

Maud fue requerida por otros clientes, y se alejó de sus amigos.

Mientras Nancy charlaba animadamente con Dan debajo de un árbol y en lo alto de una pequeña colina.

Dan le contaba infinidad de cosas y Nancy escuchaba en silencio... Hablaba de otras ciudades que él había conocido, así como de las costumbres tan diferentes que existían.

Nancy no podía negar que se sentía feliz escuchando al muchacho.

—¡Me gustaría conocer el Este! —exclamó.

—Puede que algún día, no tardando mucho, vayas a conocerlo.

—¡Espero que sea así! Es una de mis grandes ilusiones, pero creo que jamás podré salir de esta comarca. No ganamos mucho dinero con el ganado.

—Tenéis uno de los mejores ranchos de esta zona, y pronto subirá el valor de estos terrenos, ya que, según oí decir a unos personajes de Phoenix, no tardarán en comenzar los trabajos de una línea ferroviaria que una esta zona con la capital y también con el resto de la Unión.

—Pasarán muchos años antes de que eso sea una realidad.

—Puede que no tarden tanto.

Y siguieron hablando del tema durante varios minutos.

Nancy contemplaba al joven con admiración. De pronto, ella preguntó:

—¿Por qué no vas por el pueblo, Dan?

—Prefiero pasear por el rancho, al aire libre...
No soy amigo de la bebida... Además, soy muy
impulsivo y temo encontrarme con Scrigh.

—¿Le conoces?

—No... Pero he oído hablar mucho de él.

—Es un ser odioso.

—Quien parece ser una buena persona es el
sheriff, ¿verdad?

—Creo que es el más digno de admiración de
toda esta comarca.

—Le conocí el día que tu hermano me dio
trabajo, y saqué buena impresión de él.

—Me gustaría que me hablaras de tu vida, Dan...

—Algún día lo haré, Nancy... ¡Te lo prometo!

—¿Por qué te resistes a hablarme de tu familia?

—Porque no me gusta mentir, y de hacerlo,
no tendría más remedio que engañarte. No me
preguntes nada. Es suficiente que creas en mí...

—Como quieras... ¿Es que tienes algo que te
avergüence decir?

—¡En absoluto!

Siguieron hablando, hasta que el sol se ocultó.

—Será conveniente que regresemos al rancho.

—Es temprano aún, Dan...

Continuaron hablando animadamente, hasta
que las primeras sombras de la noche empezaron
a cubrir los campos.

Como estaban en la zona más alejada del rancho,
tardaron más de una hora en llegar a la vivienda.

Les sorprendió no encontrar a nadie.

—Es extraño que se hayan marchado todos al
pueblo —comentó Nancy.

La mujer que les ayudaba en la casa, les explicó
lo que había sucedido, y el motivo por el cual
marcharon, en compañía de Tab, la mayoría de los
vaqueros.

—Creo que debo ir yo también —decidió Dan.

—¡Vamos! Te acompañaré.

Y ambos volvieron a montar en sus caballos.

Antes de llegar al pueblo, se encontraron, con

Tab y los muchachos, que regresaban.

Tab les saludo, y después les explicó lo que había sucedido.

Los dos jóvenes escuchaban en silencio.

Cuando finalizó de hablar Tab, comentó su hermana:

—¡El sheriff no debió resistirse de esa forma! ¡Ahora serán muchos los que caigan!

—Es lo mismo que piensan todos...Pero trataré de solucionar este asunto con David Smith... No sucederá nada —comentó Tab.

—No te escuchará...

—Haré todo lo posible para convencerle.

—Sus hombres estarán deseosos de vengar a sus compañeros... Estaban esperando tener un motivo para provocar graves disturbios.

—No fuimos nosotros... Fue el sheriff quien les mató, porque ellos querían matarle a él. ¡Fue en defensa propia!

—Pero te olvidas que le ayudaste... ¡Se vengarán en ti y en los muchachos!

—A pesar que hiciste bien, ahora se vengarán con este rancho —agregó Dan—. Será conveniente que no vayamos por el pueblo en una temporada... Es posible que pronto se olviden de lo sucedido.

—Es una buena idea... —aceptó Nancy.

Siguieron hablando y opinando sobre el asunto hasta que llegaron al rancho.

Lo primero que hizo Tab fue visitar a Blue, a quien explicó lo que había sucedido en el pueblo.

Éste quedó pensativo, y segundos después respondió:

—Debes ordenar a los muchachos que vigilen continuamente.

—¿Qué temes?

—Creo que serán capaces de venir aquí mismo, intentando matarnos. Muchos de los hombres de mister Smith, son pistoleros.

—Sería una locura por su parte... No hay nada que temer... En realidad, no hicimos nada contra ellos.

—Te has enfrentado a ellos y es más que suficiente.

—David comprenderá mi actitud.

—No esperes que lo haga... ¡Es el peor de todos!

—Creo que opináis un poco a la ligera sobre ese ranchero...

—El hecho que sea amigo del padre de tu prometida, no dice nada a su favor.

—Si fuese una mala persona, no creo que mister Clovis fuese amigo de él.

—Habla sobre este asunto con Beth... Puede que ella te pueda informar mejor que nadie. ¡No te fíes ni de Rock Clovis ni de su hijo!

—No confío pero no creo que sea cómo Smith. Tú eres desconfiado por naturaleza, Blue... ¡Siempre lo fuiste!

—Y sabes que pocas veces me equivoqué.

—Es cierto. Dejemos esta conversación. ¿Qué tal te encuentras?

—Ahora me duele más... Pero espero que pronto se vaya calmando.

Tab estuvo paseando por la habitación de su capataz unos minutos... No existía la menor duda de que estaba preocupado, aunque intentaba disimular.

—¿Qué te sucede? ¿En qué piensas? —Preguntó Blue.

—Pienso en Dan... ¿Qué opinas de él?

—Me parece un buen muchacho, ¿por qué?

—Es qué no le comprendo... Desde que trabaja con nosotros, no ha ido un solo día por el pueblo. ¿No te parece sospechoso?

—Es extraño, desde luego, pero ya sabes que no le agrada beber.

—No sé qué pensar de él... Parece que tiene miedo a algo.

—Crees que tema ser reconocido, ¿verdad?

—Eso es lo que pienso. Hace un par de días, sin que Nancy se diera cuenta, les seguí. Pero no vi nada sospechoso en él.

—Son sospechas infundadas... —dijo Blue—. Yo, le creo un gran muchacho.

—Y a mí me lo parece, pero me resulta muy extraño que no quiera ir con nosotros a la ciudad.

—Si es cierto que está enamorado de Nancy, creo que es lógico que prefiera pasear con ella... ¿Por qué no hablas con tu hermana?

—Es una buena idea... Esta misma noche lo haré.

Y se despidió hasta el día siguiente.

# Capítulo 4

—Espero que os hayáis dado cuenta de que con este sheriff no se consigue nada con la violencia... —decía Smith a sus hombres—. ¡Debisteis escuchar mis palabras y dejar que yo solucionara el asunto de esos dos...! Por vuestra gran estupidez, habéis perdido dos compañeros y yo dos hombres que eran necesarios para otros asuntos más importantes.

—¡Es cierto que nos equivocamos...! —dijo uno—. ¡Pero la próxima vez no tendrá tanta suerte!

—¡No habrá próxima vez hasta que yo lo indique! —Gritó Smith—. Y os aseguro que no me gustaría enfadarme con vosotros... ¡Debéis obedecer mis órdenes!

—Lo haremos, patrón, pero espero que podremos provocar a los hombres de Tab.

—¡Pero siempre que sea ante testigos y en lucha noble!

—Tab Hobson se arrepentirá de haberse puesto en nuestra contra.

—Aunque no lo creáis, hizo muy bien. Era su deber. Fue el único valiente entre toda la población... Al provocarle no debéis decir que es por eso... Podrían intervenir en este asunto las autoridades de la capital. ¡Nos perjudicaríamos mucho, nosotros mismos!

Los vaqueros se miraban entre sí, en silencio. Uno de ellos comentó:

—Puede estar seguro de que escucharemos sus consejos de hoy en adelante.

—Así se habla —repuso Smith, contento.

—¿Cree que el sheriff dejará en libertad a Scrigh y Blanding?

—Sí, pero lo hará si pago los cincuenta dólares... De no hacerlo les retendría mucho más tiempo... Y les necesito para el próximo viaje a la frontera.

—¿Iremos con usted?

—No... Tan sólo me acompañarán Scrigh y Blanding.

—¿Cuándo piensa marchar?

—Lo haremos esta misma noche. No salgáis del rancho durante mi ausencia.

—¿No podremos ir a beber un trago?

—Si prometéis no provocar al sheriff, sí. Además no quiero que haya disturbios en el local de Maud. El sheriff os volvería a encerrar.

—Puede estar seguro, que no ocurrirá ninguna de las dos cosas.

—Ahora voy al pueblo. Quiero hablar con el sheriff y depositar los cincuenta dólares.

—¿Le acompañará mister Clovis?

—No. Lo hará su hijo Richard. También nos acompañará Lucky, capataz de Clovis.

Y, minutos después, Smith montaba a caballo.

Tab, que sabía por el sheriff la hora en que iría Smith a su oficina para pagar la multa impuesta a Scrigh y a Blanding, se dirigió también hacia el pueblo.

Iba decidido a hablarle para tratar de convencerle de que no había tenido más remedio que defender al representante de la ley el día anterior, ante el temor de que sus hombres lo eliminasen.

Tab se presentó en la oficina antes de que lo hiciera Smith.

—Hola, Tab...

—Hola. ¿Ha venido ya Smith?

—No. Creo que no tardará en hacerlo.

La actitud de los presos había cambiado por completo desde todo lo sucedido el día anterior. Dejaron de insultar al de la placa y estaban en silencio. Después de lo que vieron comprendieron que no se podía irritar a un hombre como él.

Los rostros de los detenidos se alegraron cuando vieron aparecer a su patrón.

—Aquí tiene los cincuenta dólares, sheriff... Espero que cumpla su palabra y ponga a mis hombres en libertad.

—Ahora mismo —contestó el de la placa.

Tab, poniéndose en pie, dijo:

—Quisiera hablar contigo, Smith...

—No creo que tengamos nada que hablar nosotros —replicó, arisco, Smith.

—Quiero que comprendas que nuestra actitud de ayer es justa y...

—Así lo hemos comprendido mis hombres y yo... No tienes por qué excusarte.

—Me alegra que lo creáis así...

—¡Mis muchachos están arrepentidos de su actitud, sheriff! Espero les perdone.

—Por mí todo está olvidado.

No hablaron más.

Los presos quedaron en libertad. Ni Scrigh ni Blanding dijeron nada.

Cuando el de la placa les entregó las armas, se sintieron mucho más tranquilos.

—Espero que no me deis motivos para volver a encerraros.

—¡La próxima vez no crea que estaremos tan confiados...! —repuso Scrigh, que no podía contener sus pensamientos.

—Piensa que si vuelves a reincidir, no será tan sencillo como esta vez verte de nuevo en libertad —agregó el sheriff, muy serio.

Smith hizo una seña a su capataz para que guardara silencio.

Este obedeció en el acto.

Y los tres salían de la oficina minutos más tarde.

Scrigh miraba con odio a todos los transeúntes.

—Voy hasta el local de Maud...

—¡Cuidado! —Advirtió Smith—. ¡No juegues con el sheriff!

—No se preocupe, patrón —dijo sonriendo—. No pienso hacerle nada a Maud. Tan sólo quiero volver a verla.

—Te acompaño —dijo Blanding.

—Yo os espero en casa de Tommy.

Y Smith se dirigió al otro saloon que había, propiedad de Tommy, que era un buen amigo suyo.

—¿Ha soltado el sheriff a Scrigh y a Blanding? —preguntó, este al vele llegar.

—Sí... De allí vengo.

—¿Adónde han ido ellos?

—A visitar a Maud...

—Supongo que no volverán a cometer otra imprudencia, ¿verdad?

—Así me lo han prometido... Estate tranquilo.

—Entonces, ¿preparo las cosas para esta noche?

—Sí... Debes enviarlas a mi rancho.

—Esta vez has de tener mucho cuidado... Me han dicho que ayer vieron una patrulla militar por Bisbee.

—No te preocupes... No pueden hacernos nada.

—Puede que tengan alguna pista sobre nosotros.

—Esa es una suposición tuya...

—De todos modos, ten cuidado.

—¡Siempre lo tengo, por la cuenta que me tiene!

—¿Quiénes te acompañarán?

—Richard, Lucky, Scrigh y Blanding... ¡Todos ellos son muy decididos, en caso de necesidad!

—¿Sabes cuántos rifles he recibido?

—¿Cien?

—El doble... ¡Una verdadera fortuna!

—¡Ya lo creo!

—¿Cuándo nos retiraremos de este negocio? Empiezo a sentirme intranquilo.

—Debes serenarte. Pronto nos marcharemos de esta zona...

—¿Llevarás también harina?

—Sí... Jerónimo la paga mejor que los rifles.

Siguieron hablando animadamente, mientras apuraban un vaso de whisky.

Mientras, Scrigh y Blanding entraron sonrientes en el local de Maud.

Por la hora que era, no había muchos clientes.

Maud, al verles aparecer, dejó de sonreír y, con disimulo, se aproximó a una parte del mostrador empuñando un «Colt» que tenía allí.

Temía mucho a aquellos dos hombres. Ya habían provocado muchos disturbios en su local. Mataron a dos aunque todos los testigos, muy asustados, dijeron que fue en defensa propia... También habían golpeado a varios antes que Blue. Sus clientes habituales solían marchar al verles entrar.

—Como verás, no hemos estado encerrados mucho tiempo, ¿verdad, preciosidad?

—Es una pena... —dijo Maud con valentía—. ¿Qué os sirvo? ¿Whisky?

—Sí... Pero supongo que será la casa quien invite, ¿verdad? Debemos celebrar haber sido puestos en libertad.

—¡La casa invita a quienes son gratos a ella! Si no pensáis pagar, será preferible que vayáis hasta el local de vuestro amigo Tommy... —exclamó Maud.

—¿Es que no quieres invitar a tu futuro marido? —preguntó Scrigh, entre carcajadas.

Maud no dijo nada.

—¿Qué tal sigue el cobarde de Blue? —preguntó

Blanding.

—Creo que bastante mejor.

—Pues la próxima vez, le romperé varios huesos —dijo Scrigh, riendo.

—Y la próxima vez, serás colgado. Yo tiraré de tus pies con placer —replicó Maud.

Scrigh dejó de reír y, muy serio, advirtió:

—¡Ese odio que sientes hacia mí, terminará por impulsar mis manos a las armas!

—No creas que me sorprenderás... Siempre estoy prevenida, ¡mira!

Y mostró el «Colt» que empuñaba.

Scrigh y Blanding palidecieron visiblemente.

—Ahora, si vais a pagar la bebida, os serviré, y si no ya estáis largándoos de mi casa.

—¡Esto te pesará, Maud...! —Declaró Scrigh con voz sorda—. ¡Y te aseguro que no tardarás mucho en comprender tu error!

—Pon dos whiskys —dijo fríamente Blanding.

Maud obedeció, pero dijo:

—Depositad sobre el mostrador su importe.

Blanding así lo hizo.

Entonces, la joven sirvió la bebida.

Bebieron rápidamente y Scrigh, cuando finalizó, comentó:

—Si cuando vuelva la próxima vez a esta casa me entero que has hablado con Blue o con otro cualquiera, a solas, te arrepentirás de ello... Entonces no irán a avisar al sheriff diciendo que hay disturbios, sino muertes.

Maud sintió un pánico enorme ante aquellas palabras, que fueron pronunciadas sin el menor síntoma de alteración en la voz.

—Hablaré con quien quiera... —contestó, a pesar de su miedo, la joven.

—Eres dueña de hacer lo que quieras, pero no olvides mi consejo...

Y dicho esto, se dirigieron hacia la puerta.

Uno de los clientes le recomendó:

—No deberías provocar a Scrigh... El día menos

pensado disparará sobre ti.

—Lo sé —dijo Maud—. Por eso empiezo a pensar que seré yo quien lo haga sobre él, tan pronto como le vea entrar...

—Con tu actitud, lo único que conseguirás es que Blue muera.

—Si matara a Blue, ¡te juro que no gozaría de su muerte muchos minutos!

Los reunidos se miraban muy asombrados. Era la primera demostración de amor que escuchaban de Maud. Sabían que Blue y ella eran muy amigos, pero no podían imaginar que la joven se hubiese enamorado.

Scrigh y Blanding hablaban mientras se dirigían hacia el local de Tommy.

—¡Es una mujer peligrosa, Scrigh! La próxima vez, actúa como lo creas conveniente, pero sin amenazarla antes...

—¡Hablaré con ella tan pronto regresemos de ese viaje!

—Yo actuaría de otro modo... ¡Sé cómo tratar a las mujeres como Maud!

—No creas que yo no sé...

Dejaron de hablar al entrar en el local de Tommy. El dueño se acercó y les saludo.

—Pero... ¿Cómo habéis regresado tan pronto? —Preguntó Smith—. ¿Es que no estaba Maud en el local?

—¡Claro que estaba! —exclamó Scrigh.

Smith, suponiendo algo de lo que había sucedido, a juzgar por el malhumor de su capataz, preguntó:

—¿Qué ha ocurrido?... Te veo muy furioso.

Blanding fue quien lo explicó.

Smith reía de buena gana. Cuando dejó de reír, declaró:

—¡Siempre dije que esa muchacha era muy decidida!

—¡Pero se está sobrepasando! —exclamó Scrigh.

—¡En realidad, eres tú el verdadero responsable de su actitud...! Si Maud no quiere estar a tu lado, no deberías inmiscuirte en su vida, y mucho menos prohibirle que hable con quien desee —comentó Tommy.

—¡Maud será para mí! —exclamó Scrigh.

—No la conseguirás jamás. Conozco bien a las mujeres, y puedo asegurarte que está enamorada de Blue —dijo Smith.

—¡Pues será para mí!

Smith se encogió de hombros. Lo mismo hizo Tommy.

Sabían que Scrigh estaba muy furioso y comprendieron que era preferible no irritarle más. Cuando se enfadaba, resultaba peligroso.

—Creo que esto os vendrá bien —dijo Tommy, sirviéndoles buenos vasos de whisky.

Poco después, Tab entró en casa de Tommy para echar un trago.

Esto extrañó al dueño, ya que no era frecuente que el ranchero fuera a su local para beber. Siempre iba al de Maud.

—¡Qué sorpresa! —exclamó—. ¿Cómo vienes por mi casa, Tab?

—Me ha dicho el sheriff que tenías un whisky bastante bueno... —respondió.

—Ahora lo podrás comprobar.

Y le sirvió.

Scrigh y Blanding contemplaban a Tab con odio.

—Yo no serviría en mi casa a ningún cobarde... —dijo Scrigh.

—¡Scrigh! —Gritó Smith—. Debes dejar tranquilo a Tab.

Este, sin hacer caso, probó el whisky, diciendo:

—¡No me engañó! Es muy bueno.

Blanding se aproximó a Tab y, molesto por su actitud, le preguntó:

—¡Tab Hobson! ¿Es que no has oído a Scrigh? ¡Te ha llamado cobarde!

—¡Blanding! —volvió a intervenir su patrón.

—No debes preocuparte, Smith. No me molestan —declaró Tab, sonriendo.

—¡Eres un cobarde despreciable! —agregó Scrigh, fuera de sí.

—¿Por qué crees que lo soy? —preguntó el joven, sin dejar de sonreír.

—¡Porque sólo te atreves a enfrentarte a nosotros cuando estamos indefensos y encerrados!

—Si lo dices por mi intervención ayer, no lo hice por ofenderos, sino por ayudar al sheriff. Todos le debemos ayudar a cumplir con su deber.

—Los hombres del Oeste, cuando alguien les llama cobardes como lo hemos hecho nosotros contigo, saben responder como corresponde.

—Podéis pensar todo lo que queráis... —dijo Tab, apurando su whisky—. ¿Quieres servirme otro?

Scrigh, muy ofendido, se acercó al ranchero con intención de golpearle.

Pero el sheriff, que estaba en la puerta sin que ninguno de los reunidos se percatara de ello, ordenó:

—¡Quieto, Scrigh! ¿Es que quieres regresar a la celda?

El aludido se volvió, rápido como una centella, pero al ver que el de la placa estaba empuñando un «Colt», su rostro empezó a perder color.

—No pensaba hacerle nada.

—¿Por qué le habéis insultado de esa forma?

—¡Porque le creemos un cobarde!

—No debe molestarse con ellos —pidió Tab—. Están ofendidos por lo sucedido ayer. ¿Un whisky?

—Será preferible, Scrigh, que te serenes. Y tú lo mismo, Blanding. ¡No quiero volver a advertiros lo que sucederá si reincidís...! No saldrías de la cárcel en un mes y la multa sería muy superior —dijo el de la placa, muy serio.

Smith salió del local, seguido por sus dos hombres.

Iban furiosos pero por distintos motivos.

# Capítulo 5

—¡Empiezo a cansarme de vuestras tonterías! —decía David, irritado.

—Tiene que comprender...

—¡No comprendo nada! Es la última vez que os advierto que hay que obedecerme. De lo contrario, tendré que tomar medidas muy severas contra vosotros.

Scrigh y Blanding palidecieron al escuchar estas palabras.

Conocían muy bien al patrón, y sabían que no acostumbraba a amenazar en vano. Cuando lo hacía era porque empezaba a pensar que resultaba necesario.

Por ello dijo Scrigh:

—¡No debe enfadarse con nosotros...! Reconozco que somos unos estúpidos y que debemos obedecerle, pero es que ese muchacho, después de lo sucedido con Maud, me ha sacado de quicio.

—¡Olvidaré lo ocurrido si me prometéis actuar tan sólo cuando yo lo ordene...! Sera vuestra última oportunidad. ¿De acuerdo?

—¡Se lo prometemos! —exclamó Blanding.

—Debéis acostumbraros a dominar vuestros impulsos... Solo a mi lado lo vais a poder conseguir. —Dijo, muy orgulloso, Smith—. Scrigh: has estado a punto de perder la vida hace unos minutos. Gracias a que antes de mover las manos viste que el sheriff empuñaba uno de sus «Colts», de lo contrario a estas horas ya estarías muerto. Es algo que no debes olvidar. Cuando un hombre te hable en tono amenazante a tu espalda, procura no hacer el menor movimiento que le invite a apretar el índice... Si llega a disparar sobre ti, perdería un auxiliar excelente para nuestro trabajo...

Ninguno de los dos contestó.

Pensaban que el patrón tenía razón.

—Por otra parte, habéis demostrado algo que deseaba hacer yo... Y es saber cómo es realmente Tab Hobson —agregó Smith, sonriente.

—¡Es un cobarde! —exclamó Blanding.

—¡Yo puedo aseguraros que no lo es...! Conozco muy bien a los hombres y sé cuándo están asustados. Tab no sintió miedo de vosotros ni por un solo instante. Eso me ha hecho darme cuenta que debe ser muy peligroso. Es frío y sabe controlarse. Una unión que suele ser muy peligrosa.

—No irá a decir que es más peligroso que nosotros, ¿verdad?

—No he dicho nada, Scrigh... Tan sólo ha sido un comentario.

Continuaron la marcha en silencio.

Scrigh y Blanding estaban preocupados. No querían cometer otro error ante el patrón.

El sheriff, mientras tanto, decía a Tab:

—Si no llego a tiempo, Scrigh te hubiera golpeado.

—No se lo hubiera consentido —repuso sonriente.

—No deben tomárselo en cuenta... Sabemos que es muy impulsivo, pero en el fondo es buena persona —comentó Tommy.

—Es amigo suyo, ¿verdad, Tommy?

—Le considero un buen amigo, desde luego...

—Creo que no es una persona grata para enumerarla entre las amistades de uno.

—Siento no estar de acuerdo contigo, Tab... Pero ese vaquero es una buena persona. Un tanto impulsivo, pero bueno en el fondo.

—No coincidimos... No pienso como tú.

—Créeme que lo siento.

—Me gustaría que me acompañaras hasta el rancho, Tab —pidió el sheriff.

—Ahora mismo.

Se despidieron de Tommy.

Este quedó furioso en su local.

—¿Por qué quiso que saliésemos? —preguntó Tab.

—Porque hace unos minutos me acaban de comunicar que ha llegado una carreta al rancho de Rock Clovis...

—¿Qué será lo que le envían? —preguntó Tab, extrañado.

—Creo que deberías averiguarlo, por mediación de Beth.

—Ya lo he intentado otras veces... Ella desconoce que llegue alguna mercancía al rancho... ¿Qué puede ser?

—No tengo ni la menor idea, aunque te confieso que daría algo muy importante por averiguarlo... ¡Me tienen intrigado esas mercancías!

—Puede que sean piensos o harinas...

—No lo creo... Si fuera eso, con un conductor o dos sería más que suficiente.

Tab miró sorprendido al hombre de la ley.

—¿Qué quiere insinuar?

—No trato de insinuar nada. Es que me sorprende

que para una carreta vengan cinco hombres. ¿No crees que es sospechoso?

Tab guardó silencio, pensativo.

Pero era lógico que pensara de aquella forma. Él también lo haría, de comprobar que cinco hombres acompañaban a una sola carreta.

—Creo que tiene razón —dijo al fin—. Es muy sospechoso.

—¡Hemos encontrado rastros de harina...! Pero las huellas de la carreta se marcan demasiado, lo que indica que llevan otro cargamento más pesado.

—¡No tengo ni la menor idea...! De todos modos, hablaré de nuevo con Beth. Puede que haya visto llegar esta vez esa carreta.

—Si averiguas algo, no dejes de comunicármelo.

—Así lo haré.

Y se separaron.

Mientras tanto David Smith y sus acompañantes iban a entregar la mercancía al lugar donde habían quedado con Jerónimo.

Tab, pensando en aquella carreta, llegó al rancho de Rock Clovis.

—¡Ahí viene Tab! —dijo Richard a su padre.

—Avisa a los muchachos para que tengan cuidado.

—No podría descubrir mucho...

—A pesar de ello... Llama a tu hermana para que salga pronto.

Richard se separó de su padre, y después de hablar con los vaqueros se dirigió hacia la vivienda, para advertir a Beth.

—¿Qué quieres, Richard...? —preguntó ella, desde el interior de la vivienda, donde estaba ayudando a la madre a hacer la comida.

—Viene Tab.

La joven salió enseguida. Al ver al jinete, acudió a su encuentro.

—¿Cómo vienes hoy tan pronto? —preguntó—. No te esperaba hasta la tarde.

—Pasaba por aquí, y quería hablar contigo.

—Estaré lista en seguida.

—De acuerdo.

Y la muchacha entró de nuevo en la vivienda.

Tab saludó al padre de la joven, y éste se aproximó a él.

—Hola, ¿qué te trae por aquí a estas horas?

—No sentía ganas de hacer nada, y decidí venir paseando.

—A estas horas, Beth ayuda a su madre. Procura no entretenerla mucho.

—¡Descuide, mister Clovis!

—¿Cómo está tu hermana? —Preguntó Richard—. Hace mucho que no la veo.

—No suele salir del rancho... Dice que se encuentra muy bien allí.

—¿Se ha enamorado de ese vaquero?

Tab miró a Richard y, encogiéndose de hombros, respondió:

—Difícil respuesta. No tengo ni idea. La encuentro muy contenta a su lado.

—Me gustaría hablar con ella, Tab. Ya conoces mis sentimientos hacia Nancy.

—Lo sé, Richard, pero yo no puedo hacer nada por inclinarla hacia ti.

—¿Por qué no va contigo, esta tarde, hasta el pueblo? Querría hablar con ella.

—Se lo diré... Aunque no puedo asegurarte que vaya.

—Debes procurarlo. Quiero hablar muy seriamente con ella.

—Haré todo lo posible para que me acompañe.

—¿Qué tal persona es ese vaquero?

—Parece un buen muchacho...

—¿Qué sabes de él?

—Nada.

—Y, a pesar de ello, ¿consientes que tu hermana se enamore de él?

—En esas cosas no puedo meterme, Richard. Es ella quien debe elegir.

—Pero sin saber nada de ese vaquero, es...

—Créeme que me gustaría que se hubiera fijado en ti, pero creo que no es así.

En aquel momento salió Beth, diciendo:

—¡Cuando quieras, Tab!

—Hasta luego, Richard... Te prometo que haré lo imposible para que mi hermana me acompañe, pero si no es así, puedes estar seguro de que no fue por mi culpa.

—Gracias, Tab.

Y los dos jóvenes montaron a caballo y se alejaron de la vivienda.

Cuando se detuvieron, preguntó Beth:

—¿Qué te sucede, Tab? ¿Por qué has venido a estas horas?

—Es que me han dicho que ha llegado una carreta a vuestro rancho, ¿es cierto?

—Sí... Pero eso, ¿qué tiene que ver?

—¿Qué mercancía recibe tu padre?

—Harinas y piensos...

—¿Estás segura?

—¡Tab! —Exclamó la joven—. ¿Qué es lo que piensas?

—Nada, nada... ¿Has visto tú la mercancía?

—No...

—Pero crees que es harina, ¿verdad?

—Si lo deseas, podemos regresar y lo compruebas tú.

—No es necesario... ¡Olvídate de ello!

La joven clavó sus ojos en los del hombre y preguntó:

—¿Quieres decirme por qué te preocupa tanto la llegada de esa carreta?

—No es que me preocupe...

—¿Entonces...?

—No sabría cómo explicártelo, Beth... El sheriff está preocupado, y me ha dicho que procurase averiguar algo sobre ello.

—¿Qué es lo que puede pensar el sheriff?

—Tampoco puedo decírtelo... Pero te aseguro que está muy interesado por la llegada de esa carreta... A mí me pasa lo mismo... Es muy raro que tu padre encargue la harina lejos de aquí... Aunque la compre más barata, con el transporte tiene que resultar mucho más cara. Y siempre vienen varios hombres escoltándolo.

Beth quedó pensativa.

Lo que escuchaba era cierto, y lógico.

—No había pensado en eso. Y confieso que también a mí empieza a extrañarme...

—Lo que debes hacer es averiguar lo que hay en realidad dentro de esos sacos... Pero procurando que nadie te observe... Y sobre todo, no digas nada de esta conversación a los tuyos. A pesar de ser tu padre, es mejor que no sepa que tengo estas dudas.

Hablaron durante más de una hora y regresaron.

Tab se despidió hasta la tarde.

Beth entró de nuevo en la cocina para ayudar a la madre. Pero no dejaba de pensar en la conversación que sostuvo con Tab.

De repente, su rostro se iluminó y, aproximándose a la madre, comentó:

—No comprendo cómo papá compra tanta harina. No es posible que gastemos tanta como adquiere.

La madre la miró muy seria y respondió:

—Todo tiene su explicación en esta vida, hija mía... Hay una persona en Tucson que le debe mucho dinero a tu padre, y como no puede pagarle en metálico, le entrega cada cierto tiempo un cargamento de harina... Tu padre después se la vende a Tommy o a otro cualquiera.

Beth no respondió, pero quedó tranquila.

Cuando la madre se reunió en el comedor con el padre, advirtió:

—Debes procurar que tu hija no se entere de la llegada de esos carretones... Empieza a sorprenderle.

El viejo Clovis, un tanto nervioso, preguntó:

—¿Qué es lo que te ha dicho?

—Algo muy natural...

Cuando explicó la mujer la conversación, el viejo Clovis quedó tranquilo.

—De todos modos, procuraré que no esté en el rancho cuando llegue la próxima.

—Creo que deberías abandonar ya, de una vez, esa clase de negocios.

—No puedo hacerlo hasta que Smith se decida a ello. Ya lo sabes.

—¡No debiste mezclarte con ese granuja! ¡Nunca me gustó!

—Debes estar de acuerdo conmigo en que hemos ganado mucho más dinero con ese negocio que durante muchos años con el ganado.

—Pero expones también mucho más.

—He hablado con Smith hace unos días, y él también está un poco cansado. Asegura que pronto nos retiraremos.

—Es muy ambicioso, y mientras todo le vaya saliendo bien no querrá dejarlo, ni que ninguno de los comprometidos os retiréis... ¡Os tiene en sus manos!

—Todo saldrá bien...

—No lo creo así... ¿Qué sabes de ese muchacho que trabaja para Tab?

—Que es un buen vaquero...

—Es muy extraña su actitud. No sale nunca del rancho...

—Creo que no le agrada beber.

—No es motivo suficiente para que no vaya por el pueblo... Yo, en vuestro caso, me preocuparía más por su presencia.

—Sabemos, por Beth, que siempre está acompañado por Nancy.

—¡A pesar de ello, no debéis fiaros demasiado...! He pensado en él estos días y me resultó muy sospechosa su llegada, así como que pidiese trabajo aquí. Todos los vaqueros un poco inteligentes procuran ir hacia Tucson o Phoenix, donde ganan algo más y tienen muchos más medios de diversión.

—No hay por qué preocuparse... ¡Es inofensivo!

—A pesar de todo, estaría mucho más tranquila si supiese que va por el pueblo.

—Siempre fuiste muy desconfiada... —dijo, sonriendo el viejo Clovis.

—Tenía que serlo, ya que nunca dejaste de estar mezclado entre lo peor de toda la sociedad. Estoy arrepentida de dejar que lo hicieras, pero ahora no podrías dejarles.

—Pronto viviremos tranquilos y con medios...

—¡Hace veinte años que me vienes repitiendo esas mismas palabras!

—Esta vez cumpliré...

—Espero que así sea...

Dejaron de hablar, al ver entrar a Beth.

Comieron, entre una conversación muy amena.

Pero tan pronto como terminaron, Beth, que recordaba las palabras de Tab, se dirigió hacia una de las cuadras, donde estaban los sacos de harina que habían llegado.

Cuando se disponía a abrir uno, preguntó su padre, tras ella:

—¿Qué haces, Beth?

Muy colorada y sorprendida, respondió la muchacha:

—Iba a ver qué clase de harina había llegado...

—Es igual que la que siempre recibimos...

El viejo Clovis no podía negar su preocupación. Su hija desconfiaba.

Pero Beth, supo variar de conversación rápidamente.

Se despidió minutos después de su padre, pero con la idea de regresar en la primera ocasión. Dos horas más tarde, volvió a la cuadra.

Tan pronto como entró cuando se disponía a abrir uno de los sacos, oyó la voz de un vaquero tras ella:

—¡No abra ese saco, miss Beth!

—¿Por qué?

—Vengo para llevarlo hasta el almacén-saloon de Tommy. Los está esperando.

Beth salió de allí, pero estaba preocupada.

Sabía que aquel vaquero mentía. Su padre le puso allí para que vigilara y evitase que ella comprobara lo que en realidad había en el interior de aquellos sacos.

Esto la preocupó mucho, y tan pronto como salió, montó a caballo y se dirigió hacia el rancho de Tab.

# Capítulo 6

Beth explicó a su novio todo lo que había sucedido.

El joven quedó pensativo.

—No debes preocuparte —dijo el muchacho—. Esta noche lo averiguaremos los dos.

—Será peligroso... Me di cuenta de que aquel vaquero estaba allí para evitar que yo fuese a investigar. Es extraño.

—Encontraremos una solución.

Mientras tanto, el viejo Clovis era advertido por el vaquero.

—No comprendo el interés de Beth por esos sacos —decía, mientras paseaba por el comedor.

—Debe sospechar algo... —comentó su esposa—, Sólo hay una solución para que la chica quede tranquila.

—¿Cuál?

—Cambiar los sacos y permitir que Beth abra uno de ellos.

El rostro del padre se alegró.

Pero de pronto, poniéndose serio, dijo:

—Lo que realmente me preocupa es ese interés... Me demuestra que Tab le ha debido hablar de esa carreta y de su mercancía...

—Si es así, debéis suspender por una temporada el trabajo, o de lo contrario, utilizar otro medio de transporte que no sea tan visible.

—Tienes razón...

El viejo Clovis salió de la vivienda y habló con unos vaqueros.

Minutos más tarde los sacos habían sido cambiados.

Como el vaquero que sorprendió a Beth dijo que iban a llevárselos rápidamente al almacén-saloon de Tommy, el viejo pensó en una jugada para convencer a su hija de que efectivamente era harina.

Se dirigió al pueblo en compañía de Richard.

Mientras Tab estaba hablando en su rancho con Beth, en compañía de su hermana.

—Creo que podéis averiguar si te engañaron, muy fácilmente. Sólo tenéis que vigilar el almacén de Tommy —explicó Nancy.

—¡Es una buena idea!

Y se marcharon los tres al pueblo. Entre Beth y Tab habían convencido a Nancy para que les acompañara y hablara con Richard claramente.

Este se reunió inmediatamente con los tres jóvenes.

—Hola, Nancy... Hacía mucho tiempo que no te veía.

—Así es. Es que me encuentro muy a gusto en el rancho.

—¿Tanto te ha impresionado ese muchacho?

—¡Richard! —exclamó Beth.

—No te preocupes —respondió Nancy, sonriendo—. Tu hermano no ha conseguido molestarme, si es que era ése su propósito.

—Sabes que no es así, Nancy. Pero confieso que estoy muy celoso de ese vaquero.

—¿Celoso? ¿Por qué? —Preguntó Nancy, sorprendida.

—No me agrada que te pases las horas a su lado...

—¡Escucha, Richard! —Exclamó Nancy—. ¡Quiero dejar bien aclarada esta cuestión, antes de regresar al rancho! ¡Entre tú y yo no existe nada!

Richard no sabía qué responder a estas palabras. Dejó que transcurrieran unos pocos minutos para serenarse y después dijo:

—Pero tú sabes que estoy muy enamorado de ti y...

—Lo lamento... Pero lo único que siento por ti es cierto afecto, por la amistad que nos unió desde que os presentasteis en este pueblo... ¡Pero nada más...! Sé que en el fondo yo soy la única responsable, ya que debía haberte hablado claramente desde un principio.

—¡Lo que sucede es que desde que llegó ese muchacho...!

—No sigas... Cuidado con lo que vas a decir... Sentiría mucho tener que cruzarte el rostro con mi fusta —le interrumpió Nancy decidida.

—¡No debéis discutir así...! —Medió Tab—. Es preferible que pongáis las cosas en claro, sin que riñáis.

—Es lo que trato de hacer —afirmó Nancy.

Richard, cada vez más excitado por aquel desprecio, dijo:

—¡Estás enamorada de ese muchacho, y por eso no sales del rancho!

—Así es —replicó Nancy sonriente, ante la sorpresa de todos.

—¡Tu hermano debería evitar esos amores!

—No podría... —añadió Nancy.

—¡Pues lo haré yo! —exclamó Richard.

—No lo conseguirás...

—¡Mataré a ese muchacho, si es preciso!

Y dando media vuelta se alejó.

Todos le contemplaron en silencio.

—No has debido hablarle así, Nancy... —dijo Beth.

—Lo siento... Pero sería mucho peor si le permitiera crearse ilusiones.

—Has estado muy brusca con él... —se lamentó Tab.

—He dicho tan sólo lo que pensaba.

—No discutamos ahora nosotros... —agregó Beth—. En el fondo, si no siente nada hacia mi hermano, es preferible que le haya hablado con tanta crudeza.

—Le ha podido decir lo mismo, pero de distinta forma. Creo que tendré que despedir a Dan del rancho. Los vaqueros también empiezan a murmurar cosas que no me gustan.

—Piensa detenidamente lo que vas a hacer, Tab... Si despides a Dan iré tras él adonde vaya. ¡Te aseguro que no existe nada entre Dan y yo! Yo empiezo a enamorarme pero no él no ha demostrado nada —dijo, muy seria, Nancy.

Y Nancy empezó a caminar.

—No has sido justo con ella —dijo Beth, al tiempo de avanzar tras la amiga.

Cuando se reunió con ella, le dijo:

—Le ha puesto nervioso la forma en que has hablado a mi hermano, pero en realidad sabe que puede confiar en ti y en Johnson. Además, siempre me ha dicho que le parece un excelente muchacho.

Tab se reunió con ellas y pidió perdón a la hermana. Esto tranquilizó a Nancy.

Minutos después, los tres, sentados en la oficina del sheriff, vigilaban el almacén de Tommy.

Cuando desmontaron unos vaqueros del rancho de Beth ante la puerta del local, ésta explicó:

—¡Ahí entra el que me aseguró que traerían inmediatamente los sacos!

—Lo que indica que te engañó... —comentó Tab,

preocupado.

—¿Por qué lo harían? —Musitó Nancy—. ¿Qué puede haber en el interior de esos sacos que no quieren que lo compruebes?

—No lo sé, Nancy, no lo sé...

—Vayamos a tu casa.

—No dejes de venir a comunicarme lo que descubráis —indicó el de la placa.

Y los tres jóvenes salieron al exterior.

—¿Nos acompañas? —preguntaron a Nancy.

—No. Voy hasta el rancho.

Richard entró en el local de Tommy y solicitó bebida, exteriorizando su mal humor al hacerlo.

—¿Qué te sucede? —preguntó Tommy.

—¡Nancy Hobson! —exclamó—. ¡Me pagará la humillación que me ha hecho!

Y dicho esto, apuró el vaso de whisky, solicitando que se lo volvieran a llenar.

—No encontrarás alivio en el alcohol. —Advirtió Tommy—. Eso está bien para los que débiles, pero no para un hombre cómo tú...

El padre de Richard se enteró de lo que le sucedía a su hijo. Se acercó y le dijo:

—No debes sufrir por eso, hijo... ¡Hay muchas mujeres más hermosas que Nancy, que se sentirán honradas de verse cortejadas por ti!

—¡Pero es ella la que más me gusta!

—Hay que saber perder, hijo mío...

—¡Me las pagará!

—Espero que te tranquilices...

Un vaquero entró en el local, diciendo al viejo Clovis:

—Beth y Tab se dirigen hacia el rancho.

—Ahora voy hasta casa —advirtió a su hijo—. Procura olvidar a Nancy... Aquí en Tombstone hay mujeres muy bonitas.

Richard no dijo nada, pero tan pronto como salió su padre, preguntó al vaquero que había dicho lo de la marcha de su hermana y Tab:

—¿No les acompañaba Nancy?

—No. Ella se dirige hacia su casa.

No esperó a más.

Salió del local, y montando a caballo se dirigió al rancho de Tab.

Nancy, que cabalgaba sin prisa, al ver al jinete y reconocer a Richard, obligó a su cabalgadura a galopar al máximo.

Richard castigaba furioso a su montura, al ver que, por segundos, la distancia iba en aumento. Cuando se convenció de que sería una pérdida de tiempo seguir cabalgando, se detuvo, y amenazando a la joven con el puño, pensó regresar.

Pero al recordar que Tab no estaba en el rancho, decidió seguir.

Quería conocer personalmente al nuevo vaquero.

Dan estaba en el cuarto de Blue, haciéndole compañía.

Cuando sintieron el galope de un caballo, se asomó, diciendo a Blue:

—Es Nancy, que regresa...

—Esa muchacha no puede estar mucho tiempo lejos de ti.

Dan hizo como que no oía aquellas palabras y salió al encuentro de la joven. Esta, se abrazó a Dan, mientras decía muy nerviosa:

—¡Viene Richard Clovis detrás de mí!

—¿Qué sucede? —preguntó él, preocupado por la actitud de la joven.

En pocas palabras explicó lo que había sucedido entre ella y Richard, finalizando así:

—¡Me asusta que me siga!

—Debes tranquilizarte. No pasará nada... —dijo Dan cariñoso.

Blue, que se levantó, sonreía observando la escena. No existía duda de que aquellos dos jóvenes se amaban. Pero como escuchó parte de lo que decía Nancy, intervino:

—No pasará nada pero hay que esperar cualquier cosa de ese miserable.

—Pero estando con nosotros, no debe temer nada...

Guardaron silencio, al escuchar el trote de un caballo. Pronto apareció Richard.

Se aproximó a los tres, sin desmontar.

—¿Es éste el nuevo vaquero, del cual estás enamorada? —preguntó, señalando a Dan.

—Yo soy... —respondió el joven, sonriente—. ¿Por qué?

—¡Quería conocerte...! ¡No creí que con ese corpachón se pudiese ser tan cobarde!

—¡Richard! —Exclamó Blue—. ¡Vete de aquí! Este muchacho no te ha hecho nada.

—¿Nada? ¿Te parece poco quitarme a Nancy? Era mi novia —dijo Richard, mirando con odio a Blue.

—¡Yo jamás fui tu novia...!

—Lo eras hasta hace poco. ¡Hasta que te hiciste amante de este cobarde grandullón!

—¡Si vuelve a repetir un insulto hacia miss Hobson, no podrá regresar al pueblo! ¡Le mataré aquí mismo!

La actitud de Dan había cambiado por completo.

Nancy le contemplaba en su nueva faceta con cierta sorpresa.

Pero Richard, que estaba muy enfadado y algo bebido, movió sus manos con ideas funestas.

Dan se le adelantó y encañonándole, ordenó:

—¡Tiene un minuto para alejarse!

Blue y Nancy se miraban sorprendidos. No habían visto el movimiento de Dan y sin embargo empuñaba sus «Colts». Esto les indicaba que era muy rápido.

Richard ante aquellas armas que le apuntaban al pecho, no dudó un solo segundo en obedecer.

Hizo volver grupas a su caballo y se marchó a la mayor rapidez que pudo su montura. No podía ocultar que había pasado un pánico cerval.

Ni los vapores del alcohol nublaron su vista para ver el gesto rápido y decidido de aquel muchacho.

—Creo que está bebido... —comentó Dan—. No debes tomar en cuenta su actitud.

—Pues confieso que he pasado mucho miedo... —dijo Nancy—. Sobre todo cuando le vi mover sus manos en busca de los revólveres.

—Gracias a que estaba preparado pude adelantarme.

Blue le miró y sonriendo, declaró:

—No creo que estuvieras con ventaja. ¡Confieso que tu rapidez me ha admirado!

Dan no hizo ningún comentario más.

Nancy, que comprendía que no le gustaba al muchacho hablar sobre lo sucedido, le dijo que quería ir a pasear.

Blue quedó pensativo... Dan había demostrado una rapidez insospechada en relación a su gran cuerpo.

Pensando en todo lo sucedido volvió a acostarse.

Mientras tanto, Richard llegaba al pueblo. Desmontó ante el local de Tommy y entró para beber otro whisky.

No estaba su padre, pero encontró a Smith que hablaba con el propietario.

Se aproximó a ellos, diciendo:

—¡Tenemos que matar al nuevo vaquero de Tab! ¡Ha estado a punto de asesinarme!

—¡Eh! —exclamó Smith sorprendido—. ¿Qué ha sucedido? ¿Quieres explicarte?

Richard contó lo ocurrido a su modo.

Aseguró que iba dispuesto a hablar con Nancy para tratar de reconciliarse con ella y que el muchacho le había encañonado cuando estaba hablando con la joven, obligándole a alejarse del rancho disparando sobre él.

—¡Pues no me mató porque tuve mucha suerte...! —finalizó.

Smith miró detenidamente a Richard:

—No estarás mintiendo, ¿verdad?

—¡Os he dicho todo lo sucedido!

—Si es así, debemos ir a hablar con el sheriff.

Pero si has mentido, se sabrá pronto y supongo que no te beneficiará en nada haberlo hecho.

—¡Os juro que he dicho la verdad!

—Está bien. Si es así, debemos ir a hablar con el sheriff.

—¿Para qué?

—Para que cumpla con su deber... ¡Acompáñame!

—Espera que tome un whisky...

—No creo que necesites más bebida —dijo muy serio Tommy.

—Yo sé cuándo debo dejar de beber —replicó enfadado, Richard.

Cuando se aproximó al mostrador, Tommy dijo:

—No debemos ir a hablar con el sheriff... ¡Está mintiendo!

—No creo que lo haya hecho.

—El whisky jamás será un muy buen consejero... —comentó el dueño.

—A pesar de ello, si ha mentido, será él quien tenga que disculparse... De momento, yo tengo ocasión para decir al sheriff unas cuantas cosas sobre su proceder.

—Como quieras, pero yo en tu lugar, no haría nada.

Richard se reunió de nuevo con ellos y segundos después salía en compañía de Smith.

El representante de la ley se les quedó mirando extrañado.

—Entonces... ¿Qué les trae por aquí, muchachos? —preguntó.

—Venimos a dar una queja del nuevo vaquero de Tab Hobson.

—¿Ha estado ese muchacho en el pueblo?

—No... Pero escuche lo que ha hecho con Richard...

David Smith explicó lo sucedido tal y como aquél se lo había contado.

—¡Espero que igual que ha encerrado a mis hombres, lo haga con ese muchacho! De lo contrario demostraría su parcialidad.

El sheriff miró detenidamente a Richard, diciéndole:

—Supongo que sabes que el mentirme es un delito, ¿verdad, Richard?

—¡He dicho la verdad!

—Lo averiguaré. Si no has mentido, os prometo que ese muchacho será juzgado, pero de lo contrario, será a ti a quien encierre por calumnia.

Richard y Smith salieron de la oficina contentos.

Pero horas después, cuando ya el alcohol iba desapareciendo de la cabeza de Richard, empezó a preocuparse por su actitud.

# Capítulo 7

—¿Cómo habéis regresado tan pronto hoy, hija...? —preguntaba la madre de Beth a ésta y a Tab.

—¡No me encontraba bien, mamá! Además Richard y Nancy han discutido. Aunque en realidad lo único que ha sucedido es que Nancy ha sido sincera con él y le ha dicho que no le ama.

—Nancy ya está enamorada... —dijo sonriente la mujer—. Al menos eso es lo que he oído decir.

Hablaron animadamente sobre el particular.

La madre dijo que Nancy hacía bien si en realidad no se sentía atraída por su hijo.

No habían transcurrido muchos minutos cuando se presentó el viejo Clovis. También se extrañó de encontrar a los jóvenes en casa. Después de saludarles, dijo a su esposa:

—¡Tommy está muy enfadado conmigo! Había

quedado en enviarle esos sacos y no lo han hecho.

—¡Pero tú se lo ordenaste a Lucky! ¡Lo recuerdo bien!

—¡Ha debido olvidarse! —Exclamó el viejo Clovis—. Voy a su encuentro... ¡Me va a escuchar ese estúpido!

Y salió al exterior.

Beth y Tab se miraron entre ellos... Y los dos como si se hubieran puesto de acuerdo, se levantaron diciendo a la madre de Beth:

—Vamos a dar un paseo por el rancho.

—Esperaba que te quedases ya... —dijo la mujer—. Así me ayudarías... Pienso hacer unos pastelitos riquísimos.

Beth miró a Tab y encogiéndose de hombros, explicó:

—No tardaremos mucho. Voy a enseñar a Tab el lugar en que cuando yo era pequeña, acostumbraba a esconderme.

—¡Oh, hijita! No sé si conservaremos ya ese baúl.

—Yo le vi el otro día en la cuadra...

Y Beth dando la mano a Tab se lo llevó con ella.

La madre, sonríe imaginando porque iban. Pero ya habían hecho el cambio de sacos.

El viejo Clovis y su capataz Lucky, al verlos entrar en la cuadra donde estaban todos los sacos, sonreían satisfechos.

—Estoy preocupado hasta que no vea tranquila a mi hija... Espero que cuando se den cuenta que es harina, queden tranquilos —comentó sonriendo el viejo Clovis.

Tan pronto como estuvieron en el lugar en que se encontraban los sacos, dijo Tab, señalándolos:

—¿Son ésos?

—Sí.

—¿Estás segura?

—Desde luego... —y aproximándose a uno de ellos, agregó—: ¡Mira, éste es el que me disponía a abrir yo cuando entró el vaquero!

—¡Está bien! Estate en la puerta y avísame si se acerca alguien.

Tab trabajó con velocidad para comprobar que efectivamente era harina.

Metió la mano en el saco que abrió y revolvió su contenido hasta el fondo... ¡No encontró nada aunque en realidad no sabía qué podría hallar!

Se limpió bien el brazo y cerró con habilidad el saco abierto.

—¡Es harina! —dijo a la joven.

Y salieron.

Cuando se aproximaban a la vivienda, el padre reñía con Lucky acaloradamente:

—¡Pues ya le estás llevando personalmente esos sacos! —decía al capataz.

Minutos después el capataz preparaba un carromato para llevar los sacos a Tommy.

Tab, que estaba deseando comunicar al sheriff lo sucedido, se despidió y acompañó a Lucky hasta el pueblo.

Beth quedaba tranquila.

Una vez estuvieron en el pueblo, Tab se dirigió hacia la oficina del sheriff... Y éste, cuando Hobson terminó de hablar, comentó:

—Confieso que había sospechado de Rock Clovis... ¡Pero me alegra mucho saber que solo había harina en el interior de los sacos! ¡No es lo que sospechaba!

—Pero... ¿Qué era lo que esperaba encontrar? —preguntó Tab.

—¡Munición!

Tab abrió los ojos sorprendido y seguidamente empezaron a discutir de forma algo acalorada.

—No debes molestarte... Sé por los militares que alguien entrega armas y munición a los Apaches de Jerónimo...

Dos semanas más tarde, Blue se encontraba perfectamente bien.

Todo en Tombstone, transcurría de forma monótona.

El sheriff, que había ido al rancho de Tab para comprobar si Richard había dicho la verdad, supo que éste había mentido.

Le tuvo encerrado, un par de días... Esto hizo que el odio de Richard hacia Dan fuese en aumento.

Los hombres de Smith estaban deseando que el patrón les autorizara para vengar a sus compañeros muertos por el sheriff.

Un día, estando Scrigh y Blanding en el local de Maud, entraron dos vaqueros de Tab. Pronto se las arreglaron Scrigh y su compañero para provocarles de forma reiterada.

Pero lo hicieron muy bien, ya que los empleados de Hobson fueron los primeros en mover sus manos hacia las armas.

Scrigh y Blanding dispararon sobre ellos, matándolos.

El de la placa fue avisado enseguida de los nuevos disturbios... Pero ya conocía que había muertos otra vez.

Cuando el sheriff se presentó en el local de la joven, los testigos tuvieron que decir la verdad... Aseguraron que fueron los hombres de Tab los primeros en hacer movimientos homicidas.

Esto hizo que la tranquilidad desapareciera en Tombstone, ya que los compañeros de los muertos estaban dispuestos a vengar a sus amigos.

Tab supo contenerles para que no cometieran nuevas torpezas. Les dijo:

—Ellos son pistoleros profesionales... Enfrentarse a ellos en igualdad de condiciones sería un suicidio... Si os encuentran en el pueblo y os provocan, digan lo que digan, no debéis hacerles el juego.

—Entonces, ¿prefiere que quedemos por cobardes?

—Siempre será preferible eso a que os tengamos que enterrar.

Aunque no estaban de acuerdo en aquellos momentos con el patrón, Tab estaba casi seguro que llegado el momento le harían caso. Sus hombres conocían muy bien al grupo de Smith. Sabían que eran expertos en provocar y disparar.

—Creo que seré yo quien les provoque... —dijo el ranchero a Blue.

—No lo hagas... Aunque eres el más rápido de nosotros, no eres lo suficientemente hábil para enfrentarte a ellos.

—¡Sólo yo podría derrotarlos!

—No... ¡No lo creo...! En este rancho, tan sólo hay uno que sería capaz de jugar con todos ellos... —comentó Blue.

—Te refieres a Dan, ¿verdad?

—Así es... ¡Aún no comprenda cómo pudo adelantarse a Richard!

—Tendría las manos próximas a sus armas... Eso fue lo que dijo él.

—No. Yo estoy seguro que no fue así.

Dejaron de hablar al ver aproximarse a Dan Johnson.

La conversación recayó sobre asuntos del rancho.

Esa noche, un vaquero llamó a la puerta de la vivienda principal.

Salió Blue, que ocupaba una habitación en la casa de los patrones, a abrir.

—¿Qué sucede? —preguntó al vaquero.

—Nada... —respondió—. Pero es algo que me preocupa... Es la tercera noche que veo a Dan salir por una ventana cuando cree que estamos todos dormidos... ¡No comprendo a ese muchacho!

Blue quedó preocupado con esta noticia.

Cuando habló con Tab, empezaron a hacer muchas deducciones, pero no llegaron a ponerse de acuerdo.

—Lo mejor será seguirle... —propuso Blue.

—Lo haremos mañana.

Poco después, hablaron con el vaquero para que no lo comentase con sus compañeros ni con nadie más.

Vigilaron la vivienda de los vaqueros y una hora antes de que amaneciese vieron a Dan saltar por la misma ventana.

Al día siguiente todo transcurrió normalmente.

Pero Tab no podía ocultar su preocupación.

Un sinfín de ideas luchaba en su interior. Estaba deseando que llegase la noche.

Pero en aquella ocasión, Dan no salió como esperaban de su dormitorio... Estuvieron vigilando durante quince días.

Hasta que, por fin, le vieron salir con toda clase de precauciones.

Dejaron que se alejase para seguirle a distancia. Era una noche con poca luna.

Calcularon que cabalgarían unas veinte millas cuando por fin vieron a Dan que iba a desmontar.

Le imitaron y, arrastrándose, fueron aproximándose dónde estaba el joven después de haber ocultado sus monturas.

Media hora más tarde sintieron el galope de otro caballo.

En lo primero que pensó Tab con inmenso dolor fue en su hermana... Exactamente lo mismo imaginó Blue, aunque no dijo nada.

Pero pronto se convencieron de que estaban en un error.

No era una mujer, sino un hombre quien se reunía con Dan.

Quedaron totalmente sorprendidos cuando descubrieron que el hombre que se unía al vaquero era un militar, y a juzgar por su sombrero, debía tratarse de un oficial.

Ninguno de los dos se atrevió a hacer el menor comentario.

En el fondo, este descubrimiento les alegraba, ya que no se trataba de ningún cuatrero como ambos habían pensado.

Aquel militar estuvo hablando durante más de una hora con Johnson.

Después, el militar se fue y el joven regresó al

rancho.

Cuando Dan se alejó, Tab y Blue se pusieron en pie y caminaron en silencio en busca de sus monturas.

—¡Es muy extraño todo esto!

—Pero confieso que me alegra lo que he descubierto... ¿Crees que Dan es militar?

—Es posible...

Pero después de infinidad de posibles conjeturas, no llegaron a ponerse de acuerdo. Aunque con aquel descubrimiento, que les sorprendía, quedaron tranquilos.

Una vez en la casa, y cuando ya amanecía, Tab y Blue seguían hablando.

—¿Crees que es un federal? —Preguntó Tab de pronto.

—Es posible... Su actitud es muy sospechosa...

—¡Me alegraría que fuese así...! —Exclamó—. Sobre todo pensando en mi hermana. He estado imaginando que Dan era un pistolero huido que trataba de olvidar su pasado en nuestro rancho.

—Es lo que yo pensé, sobre todo desde que comprobé su habilidad con las armas...

Al día siguiente, ninguno de los dos hizo la menor mención de lo que descubrieron y hablaron con Johnson como lo habían hecho hasta entonces.

Dan, por el día, trabajaba en compañía de otros vaqueros en el cuidado del ganado.

Todos estaban muy contentos con él, ya que había demostrado que sabía mucho sobre ganado y, sobre todo, que era un gran jinete.

Un viejo vaquero que tenía Tab en el rancho cuidando de las cuadras comentó unos días después:

—Es el mejor jinete que tenemos... Aseguraría que ha estado en el ejército.

Tab y Blue se miraron en silencio.

—¿Por qué dices eso? —preguntó Tab.

—Porque su forma de montar es peculiar de los militares.

No hicieron más comentarios.

Pero ambos se convencieron después de su descubrimiento de aquella noche, que Dan era en realidad un militar.

Esto alegró a ambos.

—Creo que deberíamos hablar con él para que se sincere con nosotros.

—¡No estoy de acuerdo! —Dijo Blue—. Cuando él lo oculta es porque tiene motivos suficientes para hacerlo. Estoy muy seguro de que cuando lo crea conveniente se confiará a nosotros.

Tab tuvo que reconocer que era lógico lo que decía su capataz... Pero a partir de aquel momento, ambos se sintieron más alegres.

Estaban comiendo tranquilamente cuando un vaquero se presentó diciendo:

—¡Me envía el sheriff para que vayáis al rancho de los Hunter...! ¡Una cuadrilla de Apaches ha asaltado el rancho y ha matado al matrimonio y a varios vaqueros!

Todos quedaron horrorizados ante aquella noticia.

Tab y Blue saltaron sobre sus caballos sin pérdida de tiempo.

Dan, al enterarse de lo que sucedía, les imitó.

—¿Dónde está ese rancho? —preguntó.

—Es el que queda más alejado de Tombstone hacia el Este —respondió Tab.

—¿Ha habido víctimas?

—Unas cuantas... El matrimonio Hunter y otros vaqueros —replicó Blue.

Siguieron cabalgando en silencio.

Cuando llegaron al rancho, la escena que presenciaron les impresionó de tal forma que enmudecieron.

El sheriff no hacia otra cosa que interrogar al resto de los vaqueros.

Dan se aproximó al representante de la ley y después de saludarle preguntó:

—¿Cómo sucedió?

—¡Les atacaron al amanecer, sorprendiéndoles cuando salían de sus naves...! Los vaqueros que murieron, en total tres, fueron los que salieron primero para lavarse... Los otros, al escuchar los disparos, no salieron de la casa. Se protegieron en sus dormitorios, consiguiendo matar a dos Apaches y herir a un tercero, que está en la vivienda principal atendido por el médico.

—¿Me permite hablar con ese Apache?

—No está en condiciones. Al menos es la opinión del doctor.

Dan se separó del sheriff y entró en la vivienda.

Habló con el médico y éste ratificó las palabras del de la placa.

—Hay que esperar con paciencia a que se encuentre en situación de hablar —finalizó el médico—. Aunque conozco bien a estos Apaches y estoy seguro que no conseguirán arrancarle una sola palabra.

—A pesar de ello, lo intentaremos... —dijo Dan.

Los vaqueros del rancho estaban completamente aterrados.

Todos los que se dieron cita allí se encontraban desesperados.

Entre ellos había varios rancheros de los ranchos más aislados, que estaban dispuestos a abandonar sus propiedades para trasladarse a Tombstone con sus familiares.

—¡Sería un gran error...! Deben permanecer en sus ranchos, vigilantes. Si se marchan no encontrarán nada al volver —dijo el sheriff.

—¡No estamos dispuestos a que nos maten como a los Hunter...! —exclamó uno de los rancheros de más edad.

—¡Si vigilan no tienen nada que temer...! —dijo Dan—. Estoy totalmente de acuerdo con el sheriff. Piensen que si abandonan sus ranchos, serán saqueados con mucha mayor tranquilidad por los Apaches. ¡Les quemarán sus viviendas y les robarán todo su ganado! Deben proteger su propiedad.

—¡Nada de eso puede compararse con la vida!

—En parte les comprendo... Pero tienen hombres más que suficientes para evitar que los Apaches se atrevan a aproximarse.

—Pues ya has visto lo que aquí han hecho...

—Eso es muy distinto... Nadie pensaba en ellos esta madrugada. Además los militares no tardarán en llegar y darán una gran batida por los alrededores. Se enfrentarán a ellos y les harán huir lejos de aquí —añadió Dan.

Dan, después de estar hablando mucho tiempo, consiguió convencer a los rancheros para que permanecieran en sus ranchos, aunque dejasen a sus familiares en Tombstone.

# Capítulo 8

—Estoy de acuerdo con ese muchacho —dijo uno de los rancheros—. Sería una grave equivocación que abandonásemos nuestras viviendas y ganado para que los Apaches, sin molestarse, nos dejasen sin nada.

Fueron varios quienes opinaron así, convenciendo a los más reacios.

El sheriff agradeció mucho a Dan su apoyo para convencer a aquellos rancheros en momentos tan difíciles.

Tab y Blue no hacían otra cosa que observar a Johnson... Cada vez se convencían más de que era un militar.

—¿Ha telegrafiado a los militares? —preguntó Dan al representante de la ley.

—No. Al enterarme lo que pasaba, solo se me ocurrió venir aquí, pero será lo primero que haga tan pronto como regrese al pueblo —respondió éste.

—Debió hacerlo primero, antes de salir hacia aquí.

—Lo sé, muchacho... Pero la noticia me trastornó los sentidos.

—¡Pues no pierda más tiempo y vaya a informarles!

El sheriff miró con el ceño fruncido a Dan.

—¡Yo sé bien lo que debo hacer!

—No debe molestarse conmigo.

—Creo que Dan tiene mucha razón. —Intervino Tab—. Ha debido avisar primero a los militares. Si lo desea, yo puedo ir hasta el pueblo a hacerlo.

—¡De acuerdo! —dijo, molesto.

—Será preferible que lo haga yo... —indicó Dan. Y sin esperar montó a caballo.

—Es muy extraño ese muchacho... —declaró el sheriff, rascándose la cabeza en señal de preocupación—. Ha hablado a los rancheros de una forma que no es corriente en un vaquero. No sé qué pensar.

—Puede que no lo sea, aunque vaya vestido como tal —replicó, sonriendo, Blue.

Tab le miró muy serio y Blue guardó silencio.

—¿Cuántos Apaches eran en total?

—Unos quince nada más... Si no llegan a sorprenderles, estoy seguro que no hubiera sucedido ninguna desgracia.

—Los Apaches, en grupos pequeños, no atacan a no ser de sorpresa —comentó Tab.

—Pero... ¿Qué piensa hacer con el prisionero? —preguntó Blue.

—Primero hemos de procurar que se restablezca lo suficiente para que responda unas cuantas preguntas... Después será colgado —dijo el sheriff.

Cuando Dan llegó a la oficina de telégrafos, con intención de avisar a los militares, el empleado, sonriendo, le dijo:

—Hace más de una hora que les he avisado yo.

—¡Perfecto! —exclamó Dan—. Entonces no creo que tarden mucho en llegar.

—Me aseguraron que estarían aquí alrededor del mediodía.

Johnson, agradeciendo al empleado lo que había hecho, se alejó. Regresó de nuevo al rancho de los desafortunados Hunter.

Dijo al sheriff que el empleado ya se les había adelantado, cosa que alegró a todos.

—¿Piensa dejar a este Apache aquí? —preguntó Dan.

—No. Le trasladaremos al pueblo... Estará mejor atendido en casa del médico.

—No se olvide de vigilarle atentamente... Tan pronto como pueda intentará huir, y si ve que no le es posible, tratará de suicidarse. ¡Debe haber siempre alguien a su lado para evitar ambas cosas! Le ruego que me avise tan pronto como esté en condiciones de poder hablar. Si no le molesta, seré yo quien le interrogue —comentó Dan.

—¿Conoces su idioma? —preguntó el sheriff.

—Bastante bien... —respondió, ante la extrañeza de los que le escuchaban—. Hace unos años pasé una temporada con Cochise, del cual guardo gratos recuerdos... Con él aprendí su lengua.

El sheriff ordenó que trasladasen al Apache al pueblo.

Una vez instalado en la vivienda del doctor, puso un guardián para que le vigilase.

En el local de Tommy se encontraban reunidos con el propietario del saloon David Smith, Rock Clovis y su hijo Richard.

Hablaban en voz baja.

No había la menor duda de que estaban muy preocupados.

—¡Os digo que ese Apache es un gran peligro...! —Declaró Smith—. Si es cierto que ese muchacho habla su idioma puede hacerle confesar cosas que nos perjudicarían.

—¡Pues afirman que lo habla a la perfección...!

Es lo que me dijo el que vigilaba al herido ayer.

—Debemos pensar en una solución... — dijo Rock.

—No hay otra que eliminar al Apache antes de que ese muchacho encuentre la forma de hacerle hablar.

—Estoy de acuerdo contigo, ¿pero cómo?

—No será difícil si incitamos a los ciudadanos... Hay que saberlo hacer, con mucha habilidad, y sin que nadie suponga que es idea nuestra.

—Nuestro capataz es el indicado —dijo Rock Clovis.

—Será preferible que no sea ninguno de nuestros muchachos —añadió Smith.

—¡Todos saben que Lucky odia a muerte a los Apaches! No le extrañará a nadie que dispare contra él!

—El sheriff le encerraría y los militares se enfadarían mucho... Pudieran pensar en un motivo y ello sería muy peligroso.

—Smith tiene mucha razón... Pero hay un medio para que no desconfíen. Daremos de beber a los clientes y les convenceremos para linchar a ese herido... Tal vez cualquiera de ellos dispare sobre él. No creo que resulte muy difícil, si aseguramos que los compañeros del herido no se alejarán de estos contornos mientras siga con vida —añadió Tommy.

Los rostros de los que escuchaban se animaron con una sonrisa.

—¡Es lo más sensato que he oído! —exclamó Smith.

Después de mucho hablar, se pusieron de acuerdo.

Aquella misma noche decía Blanding, en el local de Tommy, a los reunidos:

—Cuando venía hacia aquí, creo haber visto a un grupo de Apaches.

—¿Estás seguro? —preguntó, preocupado, el propietario.

—No puedo asegurarlo. Estaban a mucha distancia, pero juraría que eran Apaches.

—Si es así, hemos de estar vigilantes en nuestros ranchos —dijo uno de los ganaderos que estaban bebiendo en compañía de otros amigos.

—Pues es muy extraño que estando los militares por aquí, se hayan atrevido a aproximarse tanto... —comentó otro.

—Hay una explicación lógica. Conozco muy bien sus costumbres y puedo aseguraros que mientras sepan que su compañero sigue con vida, no se alejarán hasta que consigan llevárselo de aquí, sea como sea. Debéis creerme. ¡Mientras ese Apache viva, será un gran peligro para toda esta población! —Afirmó Lucky.

Segundos más tarde, todos discutían acaloradamente sobre estas palabras.

Tommy, de forma amable, invitaba a los reunidos diciendo que era su cumpleaños.

Una hora más tarde de estos comentarios, ya todos estaban de acuerdo en que debía morir cuanto antes. Era necesario el final del Apache.

Blanding y sus amigos hablaron de que sería justo terminar con quien intervino en la matanza del matrimonio Hunter.

—Si cualquiera de nosotros hubiésemos sido heridos por los Apaches y llevados a su campamento, haría muchas horas que nos habrían matado.

—¡Vayamos y terminemos con él! —gritó un ranchero.

—El sheriff se enfadará con nosotros... —dijo uno.

—¡Comprenderá nuestra actitud!

—Yo estaría de acuerdo con vosotros, pero ya sabéis que el sheriff no me estima nada y sería yo quien pagase las consecuencias —comentó Blanding.

Lucky, haciéndose mucho más borracho de lo que en realidad estaba, gritó:

—¡Hay que terminar con ese odioso asesino…! ¡Yo me encargaré de él! ¡El final del Apache será en venganza de los Hunter y los vaqueros que fueron asesinados!

Y se dirigió hacia la puerta.

—¡Te acompañaremos! —gritaron varios.

Y minutos después no quedaba en el local un solo cliente que no fuese Tommy y sus amigos.

El doctor, al ver a todos aquellos exaltados vaqueros a la puerta de su casa, corrió en busca del sheriff.

El que estaba vigilando al Apache, también se alejó… No quería enfrentarse a aquella manifestación por temor a sufrir las consecuencias.

En realidad, la mayoría de la población deseaba la muerte de quien intervino en el asesinato del matrimonio Hunter, que era muy estimado.

Cuando Lucky y sus acompañantes estuvieron ante el herido, uno de ellos comentó:

—Puede que cometamos una gran equivocación… Los militares ordenaron al sheriff y al médico que procurasen que el Apache se restableciese para ser llevado hasta el fuerte y ser interrogado. ¡Lo oí cuando el teniente que viene con los militares se lo decía!

Estas palabras hicieron que se paralizaran las intenciones del grupo.

—¡Sois unos cobardes! ¡Yo odio a los Apaches! —Gritó Lucky.

Y antes de que nadie pudiera darse cuenta, disparó sus «Colt» sobre el herido.

Una vez muerto el Apache, todos estuvieron de acuerdo con Lucky… Muy contentos regresaron al local.

Tommy sonreía al escuchar lo sucedido.

Pero Rock Clovis se aproximó a su capataz, diciéndole en voz baja:

—¡No has debido ser tú quien disparase!

—Si no lo hago yo, nadie se hubiera atrevido…

Y comentó las palabras de uno de ellos cuando

estaban frente al Apache.

—¡Le aseguro que ese Apache seguiría con vida de no disparar yo!

Rock Clovis, comprendiendo que su capataz tenía razón, guardó silencio.

Cuando el sheriff, en compañía del médico, Dan y Tab, llegaron hasta la vivienda del doctor, encontraron al herido muerto.

—¡Ha sido un gran error! Los militares se enfadarán mucho con usted —dijo Dan.

—¡No puedo ser responsable!

—Debe averiguar quién fue el que disparó sobre él —declaró Dan.

—Pues venían encabezados por Lucky... ¡Ya saben que ese hombre odia a muerte a todos ellos! —comentó el médico.

—Voy hasta el local de Tommy... —dijo el sheriff.

Dan y Tab se marcharon con él.

Todos los reunidos en el local de Tommy guardaron silencio al ver entrar al sheriff en compañía de los dos muchachos.

—¡Sois unos imbéciles! —entró diciendo.

—¡Ese Apache tenía que morir! —gritó Lucky.

—¿Fuiste tú quien disparó sobre él? —preguntó muy serio el sheriff.

—¡Sí...! —Gritó Lucky—. Mientras estuviese con vida, este pueblo estaba en peligro. ¡Blanding vio a un grupo de Apaches cuando venía hacia aquí!

Dan miró a Blanding al afirmar éste:

—Es cierto... Eran unos diez...

—¿Está seguro que eran Apaches? —preguntó Dan.

—No los pude ver bien, pero creo que lo eran.

—Conozco muy bien a los Apaches y puedo asegurarle que para estas horas, estarán en su campamento a muchas millas de aquí... Posiblemente hayan atravesado la frontera con México —comentó Dan.

—Yo también conozco bien sus costumbres... —dijo Lucky, encarándose con Dan—. Y sé que no abandonarían esta zona hasta no saber que su compañero estaba muerto.

—Cuando se alejaron del rancho de los Hunter, dejaron a sus tres compañeros porque creían que estaban muertos. De lo contrario hubieran luchado hasta rescatar el cuerpo del herido —dijo Dan.

—¿Quiere decir que miento? —preguntó Lucky, encarándose con Dan.

—No digo que mienta... Pero le aseguro que cuando se alejaron, creyeron que sus tres compañeros estaban muertos.

—¡Ahora sí lo están! —gritó Lucky, sonriendo.

—Es una muerte que nos perjudica. Posiblemente yo le hubiera hecho hablar de cosas que nos interesa saber...

—¡No conoce a los Apaches si cree que hablaría!

—Pues había una forma muy fácil de obligarle... —aseguró Dan—. Es a lo que más temen los del grupo de Jerónimo.

—No sé a qué puede referirse... —dijo Lucky.

—No debió matarle. Si a cualquier Apache rebelde que caiga en nuestras manos se le amenaza con entregárselo a Cochise, empezaría a hablar con tal de que no lo hagamos.

—Ya no tiene solución... —aseguró Lucky.

—Pero... ¿De quién surgió la idea de eliminarlo? —preguntó Dan.

—¡No creo que eso pueda importarle mucho...! —exclamó Lucky.

—Yo me encargaré de averiguarlo... —dijo el sheriff.

—¡Ha sido de todos! —Exclamó un ranchero—. Estoy de acuerdo con Lucky y con lo que ha hecho.

—Cuando se presenten los militares, espero que sepan convencerles del motivo por el que lo hicieron —dijo Dan.

—Estoy seguro de que me comprenderán...

—No lo crea. Y pienso que no ha matado a ese Apache porque les odie, sino porque hay algo que aún no he llegado a comprender...

—¿Qué quieres insinuar...? —Exclamó Lucky—. Parece que te ha dolido mucho su muerte. ¿Es que esperabas ponerle en libertad? ¡Es muy sospechosa tu actitud!

—Ya no hay solución... —intervino Tab—. Será preferible que no sigáis discutiendo.

—Creo que tienes razón... —aceptó Dan—. Es una pena que le hayan matado... Tenía esperanzas en hacerle hablar.

—¡No lo hubieras conseguido!

—Pero por si acaso, le has eliminado. Alguien quería el final del Apache.

Todos se miraron sorprendidos e instintivamente se retiraron del lado de ambos.

Lucky miró con fijeza a Dan y advirtió:

—¡Es la segunda vez que tratas de insinuar algo que no me agrada nada! ¡Si vuelves a hacerlo, te mataré!

—¿Seguro...? Yo no estoy indefenso como el Apache... —replicó Dan.

—¡Pero eres tan miserable y cobarde como ellos! —gritó, irritado, Lucky.

—Procura contener tus impulsos o de lo contrario me obligarás a matarte. Te aseguro que no tengo mucha paciencia.

—¡Sólo a traición puedes adelantarte! ¡Fue lo que hiciste con mi patrón!

—¡Tu patrón es un embustero!

—¡Y tú, un cobarde! —Gritó Lucky, al tiempo de inclinarse un poco hacia adelante.

No existía la menor duda de que estaba dispuesto a ir a sus armas.

Dan le contemplaba sonriendo.

—Puede que no tardando mucho averigüe el motivo por el cual has eliminado a ese Apache... Estabais esperando que muriera porque estaba muy grave, pero al comprender que el doctor conseguía salvarle, habéis temido que hablara...

—¡Te voy a matar!—gritó Lucky, al tiempo de mover sus manos.

Pero todos quedaron admirados ante la exhibición de Dan.

No había desenfundado sus «Colts» para disparar sobre Lucky, que cayó sin vida y con la sorpresa reflejada en sus ojos vidriosos.

Sin hacer el menor comentario, Johnson salió del local seguido por Tab.

# Capítulo 9

Todos contemplaban en silencio el cadáver de Lucky.

Richard Clovis estaba completamente asustado.

Segundos después de haber abandonado Dan el local, dijo Smith:

—¡Ese muchacho es un pistolero!

—¡Y el sheriff debería encerrarle...! —Siguió Rock—. ¡Ahora comprendo por qué no salía del rancho! ¡Seguro que temía ser reconocido por alguien!

—No es un pistolero... He visto todos los pasquines que tengo en la oficina y ninguno se refiere a él. Además fue Lucky el que intentó traicionarle —contestó el sheriff.

—¡Puede que sea de otro territorio o estado...! ¡No hay duda de que es un pistolero y muy peligroso!

—Lo único que hizo fue defenderse. Fue Lucky

el primero en mover sus manos.

—¡Pero es un pistolero! —Exclamó Richard—. Ya lo demostró el día en que fui hasta el rancho de Tab.

—Ese día, tú mentiste —replicó el representante de la ley.

—La amistad de ese joven no le beneficiará, sheriff... —advirtió Rock.

—Es un gran muchacho... La culpa de todo fue de Lucky que movió sus manos con ideas homicidas. De no ser así, no le hubiera matado.

—¡No podía consentir que le insultara pero mucho menos que insinuara algo que no alcanzo a comprender! —contestó Tommy.

—A mí me extrañó muchísimo que Lucky matara a ese Apache... Debe de haber una razón que de momento no comprendo —explicó el sheriff.

—¡No puede estar más claro! —Repuso Smith—. ¡Lucky odia a los Apaches porque éstos asesinaron a sus padres!

—¡Pero ayer no pensaba en matarle...! ¡Se le ha ocurrido hacerlo cuando el doctor ha dicho que se iba a salvar!

—¡Cambiaría de idea!

—Sí. De eso no hay la menor duda. Lo importante es saber el motivo.

—¡Porque les odiaba!

—No es una razón. Él sabía que tan pronto como hablara el Apache sería colgado.

—Puede que quisiera ser él quien le matara. Además, estaba un poco bebido.

—¡No lo estaba cuando nosotros vinimos aquí y en tan poco tiempo no se acaban los efectos de la bebida! Ya no hay solución. Será preferible que todos lo olvidemos.

—¡Lucky era un buen amigo nuestro y le aseguro que no olvidaremos fácilmente todo lo sucedido! —exclamó Blanding.

—Pues si provocáis a ese muchacho, le obligaréis a demostrar que no tiene rival con las armas —comentó el sheriff.

—¡No crea que el resultado hubiera sido el mismo frente a mis hombres! —exclamó Smith, sonriendo.

—Sé que hay entre ellos varios pistoleros. Pero ninguno como ese muchacho.

—Si le considera pistolero, ¿por qué no le encierra?

—No hay motivos para ello.

—Entonces, ¿por qué no le expulsa de Tombstone?

—El hecho que sea rápido con las armas no es ningún delito.

—¡Si hubiera sido uno de mis muchachos, estoy seguro que le habría encerrado!

—¡Estamos todos un poco nerviosos por lo sucedido...! —Cortó el sheriff—. Será preferible que nos serenemos.

—¡No puede negar que nos odia! —Dijo Blanding—. Pero no olvide que lo mismo nos sucede a nosotros...

—De eso estoy totalmente seguro. Y sé que dispararías con mucho agrado contra mí. ¡Este pueblo está lleno de odios!

Y dicho esto, el sheriff abandonó el local.

Tommy y sus amigos se reunieron segundos después en una mesa.

—Aseguré que fue una equivocación el que Lucky disparase sobre el Apache.

—Nadie podía sospechar que ese muchacho fuese tan rápido.

—¡Pues es lo mejor que he visto hasta ahora...! —exclamó Tommy.

—¡Ha sido una verdadera sorpresa! —agregó Rock.

—La actitud de ese hombre es extraña... Creo que ha sospechado la verdad sobre la muerte del Apache. ¡Y me preocupa! —Comentó Tommy.

Siguieron hablando animadamente sobre el mismo tema.

—Creo que sería conveniente para nuestra

seguridad que le sucediese una desgracia. ¡Yo también pienso que sospecha! —dijo Rock.

—Lo que más me preocupa es que hayan atacado a los Hunter —declaró Smith—. No podremos entrevistarnos con Jerónimo la próxima semana. Los militares no abandonarán esta zona en una temporada.

—Pronto se alejarán de aquí tras las huellas de ese grupo.

—Creo que deberíamos ir pensando en abandonar este negocio... Las cosas empiezan a ponerse feas —añadió Tommy.

—Estoy de acuerdo contigo... —agregó Rock.

—No os preocupéis... —explicó Smith—. Tan pronto como entreguemos la próxima carga, pensaremos en retirarnos... ¡Será la más importante de todas!

—La ambición, al igual que el alcohol, no son buenos consejeros.

—No quisiera discutir... —insistió Smith—. ¡Entregaremos la próxima carga!

—De acuerdo, pero espero que sea la última. Empiezo a estar demasiado preocupado. Este ataque lo está complicando todo —replicó Rock.

—Pues debes tranquilizarte... ¡Todo saldrá bien!

—Tendremos que alejarnos de aquí una vez que finalicemos nuestros negocios —dijo Tommy.

—No será necesario que abandonemos nuestras propiedades —dijo Rock.

—Tendréis que hacerlo o de lo contrario Jerónimo os seguirá obligando a que sigáis entregándole armas y munición —replicó Tommy—. Nunca permitirá que le abandonéis hasta que no tenga suficientes armas.

Todos quedaron en silencio ante estas palabras.

Eran sensatas y por lo tanto les preocuparon.

—Creo que tienes razón. No me gusta nada la idea pero tendremos que ir pensando en vender nuestros ranchos.

—No lo creo así —replicó Smith—. Los militares,

poco a poco, les van alejando cada vez más de esta zona... Desde el último enfrentamiento que tuvieron, Jerónimo instaló su campamento al otro lado de la frontera.

—¡Es preferible alejarse de aquí...! ¡Tenemos ya dinero suficiente para vivir una vida tranquila donde nadie nos conozca!

—Ya pensaremos en esto después de hacer la próxima entrega...

—Pero también hemos de pensar en los muchachos... —advirtió Rock—. Pedirán una cifra elevada por su ayuda.

—Trataremos de abandonarles. No creo que nos resulte muy difícil.

—Pero entonces no podremos vender los ranchos.

—Pueden quedarse con ellos... Los venderíamos lejos de aquí.

Dejaron de hablar al reunirse otros rancheros con ellos.

Comentaban lo sucedido a Lucky.

Cuando Scrigh llegó del rancho y se enteró de lo ocurrido, dijo:

—Nosotros debemos vengarle. ¡Yo me encargaré de provocarle!

—No lo hagas —aconsejó Smith—. Es un consejo noble que te doy.

—¡Patrón! —Exclamó Scrigh—. ¿Qué quieres decir?

—Que ese muchacho te mataría sin esfuerzo. ¡Es lo mejor que he visto manejando las armas! ¡Fue increíble!

—¡Nunca hubiese creído que se iba a impresionar...! Tan pronto como me encuentre con ese grandullón, le provocaré —dijo, riendo, Scrigh.

—Procura, si es que lo haces, tener mucha ventaja sobre él... ¡De lo contrario, eres hombre muerto!

—¡Bah! —Advirtió, con desprecio, Scrigh—. ¡Yo demostraré que están equivocados todos con ese muchacho!

—Será preferible que encuentres un medio de disparar por la espalda.

—No lo creo necesario.

—Pero nosotros, si... Ya hablaremos de eso en el rancho.

Al día siguiente, Blue y Dan entraron en el local de Maud. Esta salió a recibirles muy sonriente y cariñosa.

—Me alegro de veros... Os iba a mandar un mensaje. Tengo que hablar con vosotros de algo que me he enterado —dijo la joven.

—¿Qué es ello, Maud? —preguntó Blue.

—Ayer noche vino uno de los que acompañaban a Lucky cuando éste disparó sobre el Apache y me contó cómo había sucedido todo...

Una vez que se sentaron a una mesa, Maud empezó a hablar.

Blue escuchaba en silencio, pero Dan era el que más atención prestaba a todo.

—Me aseguró que fueron Blanding y Lucky quienes excitaron los ánimos, ayudados por el whisky que Tommy servía sin cesar. Lo que más me extrañó fue que no lo cobrara, asegurando que era su cumpleaños... —finalizó diciendo la joven.

Dan quedó pensativo y de pronto preguntó:

—¿Acostumbra a invitar por su cumpleaños?

—Es la primera vez que lo hace.

—Lo que demuestra que todo estaba bien estudiado. Estaban preparando el final del Apache. No querían que hablase con él —comentó.

No hizo ningún otro comentario.

Pronto dejó a los dos jóvenes solos para que hablaran de sus cosas. Sabía que estaban enamorados.

—Vendré más tarde por aquí, Blue. Voy hasta la oficina del sheriff.

—De acuerdo, pero ¿no tomas antes un whisky?

—Cuando regrese... Ya sabes que no soy muy amigo del alcohol.

Y Dan se dirigió a la oficina.

Este, al verle, le sonrió desde su mesa.

—¿Qué te trae por aquí?

—Quiero hablar con usted de algo muy importante.

—¡Siéntate!

Una vez que se sentó, Dan sacó unos papeles del interior de una de sus botas de montar y los entregó al sheriff.

Este cogió aquellos papeles y antes de leer miró con el ceño fruncido al joven.

—Sé que puedo confiar en usted... —declaró Johnson al entregarle los papeles.

El sheriff empezó a leer y su rostro expresaba la sorpresa que iba experimentando a medida que leía.

Cuando terminó, entregando de nuevo los papeles a Dan, dijo:

—¡Dígame en qué puedo ayudarle, mayor Johnson!

—Olvídese de lo que ha leído y siga pensando que soy un vaquero y no un militar. Un error en este sentido lo echaría a perder todo.

El representante de la ley, sonriendo, contestó:

—De acuerdo, muchacho. Me alegra esta noticia. He estado pensado como los demás que eras un pistolero reclamado por otro territorio o estado. ¿Cuál es tu verdadera misión en este pueblo?

—Averiguar quiénes son los que entregan armas y munición a los Apaches.

—Yo había sospechado algo sobre eso, pero hace unos días que me convencí que no puede ser nadie de esta comarca... Sospechaba de un carromato que llegó varias veces al rancho de Rock Clovis, pero gracias a la hija de este ranchero y a Tab, pude averiguar que efectivamente era harina lo que recibía...

—¿Quiere explicarme eso con toda clase de detalles?

El sheriff estuvo hablando durante muchos

minutos. Cuando finalizó, Dan, sonriendo, quedó pensativo. Después de varios minutos de silencio, dijo:

—Es muy posible que al darse cuenta mister Clovis del interés de su hija por esos sacos ordenara cambiarlos y permitir que los viesen para que se convencieran.

—Puede que fuera así. No se me había ocurrido pensar en ello.

—¿Por dónde vienen esos carretones?

—Es sólo uno... Creo que debe venir de Tucson.

—Bien... ¿Y no le extrañó que vinieran cinco hombres con un solo carro?

—Eso fue lo que me hizo sospechar, pero quedé muy tranquilo cuando Beth y Tab comprobaron que, efectivamente, era harina...

—¿Y no cree que es muy extraño que un hombre capaz de enviar tanta harina no haya podido pagar una deuda en metálico?

El de la placa frunció el ceño.

—Es muy sospechoso, desde luego...

—Hemos de averiguar quién manda tanta harina a mister Clovis.

—Intentaré saberlo.

—Pero hay que hacerlo de forma que nadie pueda sospechar.

—Si lo deseas, yo puedo cuidarme de ello.

—No. Será preferible que se encarguen los militares.

—¿Quieres que les avise?

—No. Lo haré yo esta noche...

Y Dan le explicó que se veía con un subordinado cada cierto tiempo en un lugar que ya estaba determinado.

Después le relató lo que Maud había averiguado.

—Lo que demuestra que estaban interesados en que ese Apache muriese.

—Desde luego... ¡Es muy extraño todo esto!

—No lo crea. Se va abriendo poco a poco la luz en mi mente.

—Debes tener mucho cuidado... Son hombres decididos y se juegan mucho.

—Lo tendré... ¿Me acompaña hasta el local de Maud?

—Estoy esperando a mi hija... Iré más tarde.

—No olvide que no debe hablar con nadie sobre mi personalidad.

—Descuide, Johnson... Puede confiar en mí.

—Lo sé.

—¿Quién más sabe o conoce su personalidad?

—¡Nadie!

—¿Ni Nancy?

—Ni ella.

Dan salió de la oficina del sheriff y se dirigió hacia el local de Maud, pero cuando vio entrar a Tab en el de Tommy, decidió dirigirse hacia allá.

Tab, que descubrió a Dan, le esperó en la puerta.

—Me ha dicho mi hermana que la esperes en el local de Maud. No tardará en llegar.

—Ahora iré... ¿Permites que te invite?

—Encantado.

—¿Y Beth?

—Vendrá con Nancy.

Y los dos entraron en el saloon.

Tommy frunció el ceño, pero les saludó sonriente.

—No es corriente verte por mi casa, Tab.

—Soy un buen catador de whisky. He de reconocer, en honor a la verdad, que el tuyo es superior.

—Agradezco infinito tu elogio.

—No es un elogio. Es lo que pienso.

—De todos modos, muchas gracias.

Tab y Dan se apoyaron en el mostrador.

Detrás de ellos entraron varios vaqueros.

No habían empezado a beber cuando un vaquero dijo:

—¡Tab! Será preferible que te separes de ese cobarde.

Dan miró al que hablaba y, sonriendo, exclamó:

—No comprendo tu actitud, muchacho... ¿Por

qué me insultas?

—¡Soy compañero de Lucky y estoy dispuesto a vengarle!

—No seas loco y deja a Dan tranquilo...

—¡Si no quieres morir tú también, será preferible que te separes de él! —advirtió otro desde distinto lugar.

Al mirar Dan al que terminó de hablar, empezó a preocuparse... Estaba seguro de que aquellos dos hombres llegaron dispuestos a eliminarle.

Pero su sorpresa no tuvo límites cuando un tercero declaró:

—¡Y espero que el sheriff no proteste cuando hayas muerto!

Aquellos hombres estaban situados en forma de triángulo, lo que demostró a Dan que habían entrado detrás de ellos y se habían colocado estratégicamente.

—No tengo nada contra vosotros, ya que...

—¡Te llamamos cobarde! ¡Es suficiente para que vayas a tus armas!

—Debéis dejar a Dan tranquilo.

—¡Tienes cinco segundos para salir de aquí, Tab! —le replicó uno.

—Será preferible que les escuches... —aconsejó Dan—. Están dispuestos a matarme y creo que lo harán si no lo evito antes.

—¡No hay salvación para ti!

—¡Debéis estar locos! Si matáis a Dan, el sheriff os colgará a los tres.

—¡Y si no te vas ahora mismo, te incluiremos en nuestra venganza!

—No creas que me asustáis. ¡No sólo no saldré, sino que ayudaré a Dan!

# Capítulo 10

—Si deseas morir, por nosotros no existe el menor inconveniente... —aceptó uno de los tres vaqueros que provocaban a Dan—. ¿Verdad, muchachos?

—¡Desde luego! —respondieron los otros dos.

—Antes de actuar debéis pensar en lo que vuestro dirá patrón —comentó Tab—. No creo que esté de acuerdo con vuestro proceder.

—Mister Clovis puede darnos órdenes en el rancho y durante las horas de trabajo, no después. Esto es cosa nuestra.

—¿No habrá sido vuestro patrón quien os ordenó provocarme? —preguntó Dan.

—¡Desde luego que no! —Exclamó uno de los tres vaqueros—. ¡Y cuando se entere, se enfadará con nosotros, pero ya no habrá remedio!

Dan, en voz baja, dijo a su patrón:

—¡Procura atender exclusivamente al que tienes a tu derecha...! Yo me encargaré de los otros dos.

—¡Mucho cuidado con ellos...! ¡Son muy peligrosos! —recomendó Tab en el mismo tono de voz.

—¿Te crees en condiciones para encargarte de ése?

—Puedes estar tranquilo...

Dan, con estas palabras, se tranquilizó. Temía que Tab fuera un novato en cuestiones de habilidad.

—¿Qué es lo que habláis? —preguntó uno de los vaqueros.

—Es algo que no creo que te importe—respondió Dan—. Le estaba diciendo a mi patrón que pronto dejaremos este pueblo sin tres cobardes.

—Puedes insultar si lo deseas, ya que será lo último que hables.

—Me gustaría saber cómo lo conseguiréis.

—Es bien sencillo, ¿verdad, muchachos?

—Yo me encargaré de ti... —dijo Tab al que hablaba—. Tan pronto como hagas el menor movimiento, serás hombre muerto.

Todos los contemplaban en silencio. No comprendían que el ranchero se atreviera a expresarse como lo acababa de hacer.

—¿Desde cuándo eres un hombre valiente, Tab? —preguntó uno de los vaqueros

—Siempre lo fui...

—¡No debes seguir hablando, Tab...! —Le interrumpió Dan—. Debes prepararte. Tan pronto transcurran cinco segundos, dispararemos sobre estos valientes que esperaban tirar sobre mí a traición... ¡Uno! ¡Dos! ¡Tres! ¡Cuatro!

Los tres vaqueros de Clovis no aguardaron a que finalizara de contar.

Movieron sus manos con la máxima velocidad.

Pero todo resultó inútil, ya que Dan demostró ser muy superior.

Los reunidos, que ya presenciaron la muerte de Lucky, no se extrañaron tanto de esta habilidad, comparada con la que demostró Tab.

Todos le creían inofensivo con las armas y acababa de demostrar que no era así.

—¡Es mi primera víctima! —comentó éste, un tanto sorprendido y admirado.

—No debes preocuparte —agregó Dan—. Hay veces que nos es imposible evitar la muerte de un semejante. ¡Espero que sea el último que te veas obligado a matar!

Y aproximándose a él, le dio un golpe en la espalda. Luego añadió:

—¡Gracias, patrón! ¡Creo que te debo la vida!

—Sé que hubieras podido con los tres. Así, que no me debes nada.

—No negaré que de haberme provocado de frente no hubiera necesitado de tu ayuda, pero situados como estaban, ¡era imprescindible!

Los testigos no se atrevían a hacer el menor comentario.

Tommy estaba completamente asustado de lo que acababa de presenciar.

Seguidamente, los dos jóvenes salieron en silencio.

Nada más salir, se iniciaron los comentarios.

Tab iba preocupado, ya que era su primer hombre muerto.

—Debes olvidar todo lo sucedido, y para tu tranquilidad, piensa que ellos te hubieran matado de no hacerlo tú —dijo Dan, que se daba cuenta de los pensamientos del patrón.

—Sé que fue en defensa propia, pero a pesar de ello, no me agrada.

Dan miró fijamente a Tab y le preguntó:

—¿Crees que matar a una persona es agradable alguna vez?

—Pero tú estás más acostumbrado y...

—Es cierto que ya he matado a más de uno... —dijo molesto—. Pero siempre fue en defensa propia... ¡Hay que matar para evitar que lo maten a uno!

Tab, haciendo un esfuerzo por sonreír, contestó:

—Te comprendo, Dan, pero no puedo olvidar lo sucedido...

—Pronto se te pasará.

—¡Necesito una buena dosis de whisky!

—Vamos hasta el local de Maud.

Pero cuando se aproximaban se les acercó un cliente que salía en esos momentos del local de Maud y les advirtió:

—¡Tengan cuidado...! ¡Scrigh está provocando a Blue! Va acompañado de otros dos compañeros.

Dan miró en silencio a su patrón, diciéndole:

—¿Qué piensas ahora?

—¡Que hay que actuar! ¡Miserables!

Y dicho este, apresuró el paso. Dan se aproximó a él, aconsejándole:

—Piensa que el mayor papel lo juegan los nervios. Procura no alterarte por nada si deseas salir victorioso de la lucha.

Tab miró a Dan y guardó silencio.

—¿Crees que estarán Beth y Nancy?

—Es posible que hayan llegado...

—Entonces hemos de procurar evitar la pelea... ¿De acuerdo?

Tab movió la cabeza afirmativamente y añadió:

—No deseo volver a disparar...

—Lo entiendo, pero si alguien intenta hacerlo sobre ti, no lo dudes ni un segundo: ¡dispara primero, sino eres hombre muerto!

Entraron en el local, que estaba en completo silencio.

Scrigh se hallaba frente a Blue, al que decía:

—Si no eres hombre para enfrentarte a mí, debes dejar tranquila a Maud.

—Es ella quien debe decidir.

—¡Estoy perdiendo la paciencia! —exclamó Scrigh.

Tab y Dan se dieron cuenta de que, efectivamente, las dos muchachas estaban en compañía de Maud.

—¿Qué sucede? —preguntó Dan, avanzando

tranquilamente.

Blue, al verle, se tranquilizó mucho más y explicó:

—Scrigh desea provocarme para pelear con los puños... Le he dicho que no puedo enfrentarme con quien es dos veces más fuerte que yo, pero a pesar de mi confesión, él insiste...

—Lo que demuestra que es un cobarde.

Scrigh no esperaba esta visita y mucho menos aquellas palabras. Dudó unos segundos antes de responder:

—¿Te atreverías a enfrentarte conmigo?

—Cuando hablas de enfrentarnos, ¿a qué te refieres?... ¿Puños o «Colt»?

—¡Puños!

—Serías un juguete para mí... —dijo Dan, sonriente—. No solamente juega la fuerza bruta que se pueda tener, sino la habilidad. Y en esto último eres un niño a mi lado.

—¡Si te atreves a enfrentarte a mí, te mataré de una paliza!

—Yo me conformaré con dejarte sin conocimiento... —agregó Dan.

Scrigh se echó a reír a carcajadas contagiando a sus compañeros.

Nancy, poniéndose delante de Dan, le pidió suplicante:

—¡No! ¡No te enfrentes a él!

—Debes tener más confianza en mí, Nancy.

—¡Te matará! ¡Tiene demasiada fuerza!

—No te preocupes. Nos reiremos de él si acepta pelear con nobleza.

Y con cariño retiró a la joven a un lado.

Los testigos se frotaban las manos muy satisfechos... Estaban seguros de que verían una lucha admirable.

—Debéis quitaros las armas... —dijo uno de los compañeros de Scrigh.

—Me parece bien... —agregó Dan—. No me fío de vosotros.

—¡Si no fuera porque confiamos en Scrigh,

estarías ya muerto!

—Habla lo que quieras, muchacho. Pero procura no hacer el menor movimiento que me resulte sospechoso.

—¡Debéis estar quietos todos! —Ordenó Scrigh—. Yo me encargaré de matarle con mis propias manos...

—De todos modos, no olvidéis que yo os vigilo atentamente... —advirtió Tab ante la sorpresa general.

Dan sonreía escuchándole.

—Pero... ¿Es que estás tratando de asustarnos...? —preguntó uno de los compañeros de Scrigh riendo a carcajadas.

—Tan sólo quiero que sepáis que os vigilaré.

—¿No os da miedo? —preguntó Scrigh a sus compañeros, riendo.

—¡Ya lo creo! —respondió uno sin dejar de reír—. ¿No ves cómo temblamos?

Tab, estaba furioso por las risas. Pero no dejó de vigilarles.

—¿Estás ya preparado para enfrentarte a mí...? —preguntó Scrigh.

—Estoy a tu entera disposición... —respondió Dan.

Se hizo un gran círculo en el centro del local.

Nancy cogía las manos nerviosamente a Maud. Esta, sonriendo, dijo a la joven amiga:

—No debes preocuparte por ese muchacho... ¡Scrigh ha encontrado el contrario que necesitaba!

—¡Pues te voy a matar con mis propias manos! —exclamó Scrigh al tiempo de arrojarse sobre su contrincante.

Pero Dan, que esperaba algo parecido, se retiró al tiempo de ponerle la zancadilla.

Scrigh cayó al suelo.

—No hay que ser nervioso, amigo... —dijo Dan, riendo.

—¡Ahora verás!

Y poniéndose en pie, arremetió contra el joven.

Pero Dan, le esquivó de nuevo.

—¿Por qué huyes? —gritó Scrigh.

—Trato sólo de ponerte nervioso... En cuanto lo haya conseguido, te daré los golpes que estime oportunos —respondió Johnson.

Nueva intentona de Scrigh, aunque esta vez a Dan le costó más esquivarle.

La mayoría animaban al joven, cosa que influía en el ánimo de Scrigh. Solamente sus compañeros le animaban diciendo que estuviese tranquilo antes de atacar.

De pronto, y ante la admiración de los reunidos, la cosa cambió.

Ahora era Dan quien atacaba y de forma muy eficaz. Scrigh no podía esquivar ni un solo golpe.

Poco a poco fue dándose cuenta de la gran diferencia que existía entre ambos y una idea se fijó en su cerebro: ¡utilizar los «Colts»!

El rostro de Scrigh empezaba a abultarse de forma desesperante.

Dan siguió golpeando sobre aquel rostro que sangraba por todas partes.

Los compañeros movieron sus manos, pero Tab les ordenó:

—¡Quietos!

Obedecieron al ver que tenía las suyas sobre las culatas de las armas.

Cayó Scrigh y Dan esperó a que se pusiera en pie.

Scrigh casi no podía verle. Pero, sin pensarlo más, fue a sus armas y a punto estuvo de conseguirlo.

Gracias a que Dan volvió a disparar desde las fundas.

Ante una exclamación de sorpresa y admiración, el traidor cayó sin vida.

—No era mi intención matarle.

—¡No tienes de qué arrepentirte, muchacho...! —exclamó uno de los presentes.

—¡Era un miserable! —declaró Tab.

—Más que miserable, cobarde... —añadió

Dan—. No ha sabido encajar la derrota que le estaba dando con los puños.

Nancy se abrazó a él ante la sorpresa de los demás, diciendo:

—¡Vámonos de aquí!

—Recojan ese cadáver y llévenselo a su patrón —propuso Dan a los compañeros del muerto.

Estos, en silencio, obedecieron. No eran capaces de hablar. Estaban aterrados por lo que acababan de presenciar.

Segundos después, salían Beth y Nancy en compañía de los dos muchachos.

—Vamos a pasear... —dijo Tab—. Creo que lo necesito más que nunca.

—Yo también he pasado mucho miedo.

—No es por eso... —explicó Tab—. ¡Hace unos minutos he matado por primera vez!

Y relató lo que les acababa de ocurrir en el local de Tommy.

Beth le tranquilizó con cariño, diciendo que él no era responsable, ya que los otros estaban dispuestos a disparar a matar sobre él.

Tab, poco a poco se iba tranquilizando. Se daba cuenta que muchas veces no hay más opciones que matar o morir.

Blue, por su parte, comentaba lo sucedido:

—¡Es un muchacho admirable!

—¡Es lo mejor que he conocido! —agregó Maud.

Los testigos decían más o menos lo mismo.

Minutos más tarde, se presentó el sheriff, enterándose de lo sucedido.

—Pues antes de venir aquí, mataron a tres en el local de Tommy... ¡Pero la sorpresa fue Tab...! Creo que actuó con una velocidad y seguridad que entusiasmó a todos los reunidos. Lo están comentando —dijo.

—¿Eh? —Exclamó Blue—. ¿Qué sucedió?

El sheriff explicó lo que le acababan de contar en el local de Tommy.

—De seguir así, dejará los ranchos de Clovis y

de Smith sin hombres, pero nadie lo va a sentir.

—¿Hace mucho que se marcharon de aquí?

—No... Hace tan sólo unos minutos.

—Voy a hablar con ellos.

Y salió del local de Maud.

Los cuatro jóvenes cabalgaban sin prisa y comentando los últimos sucesos.

El sheriff, que se disponía a seguirles, se encontró con un escuadrón de caballería a cuya cabeza iba un joven teniente.

Se detuvo para saludar a los militares y preguntarles si habían encontrado huellas de los Apaches que asesinaron a los Hunter.

—Sí —respondió el teniente—. Y las hemos seguido hasta la frontera.

—Lo que demuestra que Dan tenía toda la razón... —comentó el sheriff como si estuviera pensando en voz alta.

—¿Qué dice?

—¡Oh! ¡No es nada!

—¿Qué tal sigue el Apache herido? —Preguntó el oficial—. ¿Podremos llevarle ya con nosotros hasta el fuerte?

—No. Fue asesinado por uno de los vecinos.

—¿Eh? ¿Por qué no lo ha evitado?

—No pude.

—¡Es una contrariedad! ¿Cómo sucedió?

El sheriff explicó lo que había ocurrido.

Cuando finalizó, el teniente comentó:

—Es una verdadera lástima. Nos hubiese dado la información que necesitamos.

—Lo entiendo perfectamente.

—Vamos a ir donde el patrón del que mató al herido. Quiero hablar con él.

El teniente se despidió del sheriff. Iba a pasar por el rancho de Clovis, para decirle que fue una equivocación eliminar al Apache.

# Capítulo Final

Muy avanzada la noche, Rock Clovis, en compañía de su hijo, se presentó en el rancho de David Smith.

Los tres discutieron acaloradamente.

Minutos más tarde se les reunió Tommy. Iba muy excitado. Dijo:

—¡Hay que hacer algo para que ese muchacho sufra un accidente! De lo contrario os dejará sin hombres. ¡No he visto nada parecido!

—Precisamente de eso estábamos hablando... —respondió Smith.

—Y también de la visita que me hicieron los militares para amonestarme con mucha dureza por la muerte del Apache... —agregó Rock.

—Debemos de eliminarle rápidamente si queremos tener la misma tranquilidad de antes. Estoy preocupado —propuso Richard.

—¿Por qué no te encargas de ello? —Preguntó Tommy—. Tu presencia en el rancho de Tab no va a extrañar a nadie. Creerán que vas para ver a Nancy. Puedes encontrar una oportunidad para disparar sobre ese maldito.

—Sería muy peligroso para mi hijo... —comentó Rock—. Es preferible que lo hagan los muchachos.

—Después de los últimos acontecimientos, ninguno se atreverá a enfrentarse con él.

—Pues no es necesario que lo hagan de frente... —dijo, cínicamente, Richard.

—El sheriff sospecharía en el acto.

—¡Pero no podría demostrar nada! —Agregó Rock—. Sí es preciso, se le ofrece una buena cantidad para que se aleje de aquí.

—No es mala idea... —aceptó sonriente Tommy.

—Sólo hay un hombre capaz de un trabajo semejante —comentó Smith—. Si él no lo hace, nadie se atreverá.

—¿Blanding? —preguntó Rock.

—El mismo —respondió Smith.

—Mándale llamar... Hablaremos con él.

Smith avisó a Blanding, y éste no tardó mucho en presentarse.

Después de varios minutos, contestó Blanding:

—Está bien, pero ¿cuánto recibiré por ese trabajo?

—Mil dólares.

—¡Dos mil! —pidió Blanding, con cinismo.

—¡Es demasiado!

—Entonces será preferible que busque a otro...

—Creo que es sensato lo que pide... —dijo Rock—. Yo mismo te daré esa cantidad.

—¡Por adelantado!

—La mitad por adelantado, la otra mitad cuando finalices el trabajo.

Se pusieron de acuerdo rápidamente.

Esa misma noche, Dan hablaba con un teniente del Ejército, a unas quince millas del rancho de Tab Hobson.

—¿Ha comprendido bien todas mis órdenes...? —preguntaba.

—Perfectamente, mayor Johnson... ¡Y creo que todo saldrá bien!

—Así lo espero.

—¿Alguna cosa más?

—¡Sí...! No se olvide que el rancho de David Smith debe ser vigilado atentamente durante las veinticuatro horas. Usted se reunirá conmigo todas las noches en este lugar.

—¡De acuerdo!

—Y no olviden que esta vez hemos de coger la mercancía que transporten.

—¡Así lo espero, señor!

—Lo que más me interesa es saber quién envía tanta harina a mister Clovis.

—Creo que dentro de dos días lo sabremos, señor.

—Bien. Ya puede retirarse, y procure que no le vean por los alrededores, pues todo se echaría a perder.

—Descuide, señor.

—¡Buena suerte, teniente!

Al día siguiente Dan paseaba, como hacían todos los días, por el rancho en compañía de Nancy.

Iban hablando de infinidad de cosas.

De pronto sonó un disparo y el sombrero del hombre desapareció.

—¡Tírate al suelo, pronto! —ordenó a Nancy.

La joven obedeció.

Nancy temblaba asustada.

Dan oteaba el horizonte, en busca del refugio del traidor.

Un nuevo disparo se incrustó a muy pocas yardas del cuerpo de Johnson.

—¡Arrástrate lo más rápido que puedas hasta aquellas piedras grandes! —Ordenó a la joven—. Nos están disparando desde aquella zona.

Ella tuvo que hacer un gran esfuerzo para obedecer, ya que casi no le respondían sus brazos y piernas del miedo que sentía. Dan le seguía.

Cuando consiguió llegar a las piedras, respiró tranquila.

—¡Debo salir detrás de ese traidor! —dijo Dan, al tiempo de silbar a su caballo que lo habían dejado un poco alejado.

El animal se aproximó al lugar en que estaban escondidos.

—¡Toma este «Colt», y no dudes en dispararlo, en caso de necesidad!

—¿Adónde vas? ¿Qué piensas hacer?

—No quiero que ese traidor pueda escapar con vida.

Y sin esperar a más, saltó sobre el caballo. Desenfundó su rifle, por si le era preciso.

Blanding, pues él era quien disparaba, protegido por unas enormes rocas, al ver cómo avanzaba al caballo a toda velocidad hacia su escondite, no dudó ni un solo momento. Se llevó el rifle a la cara y apuntó serenamente.

Disparó una sola vez y Dan se desplomó.

Nancy, que contemplaba la escena, gritó aterrada, saliendo de su refugio y corriendo hacia el lugar en que Johnson había caído.

Una sonrisa de satisfacción iluminó el rostro del asesino.

Y tranquilamente salió para ir en busca de su caballo.

Dan, que no había sido alcanzado, sino que el proyectil le rozó solamente un hombro, apuntó con serenidad y disparó tan sólo una vez.

Blanding, después de soltar su rifle y llevar sus manos al pecho, cayó sin vida.

Nancy seguía corriendo hacia Dan.

Este se puso en pie y recibió a la joven con los brazos abiertos. Nancy lloraba de alegría.

—He tenido muchísima suerte —comentó Dan.

Y, abrazados, fueron hasta el lugar en que el disparo se llevó el sombrero de Dan.

El joven se agachó y, recogiéndolo, se lo mostró

a Nancy.

El sombrero tenía un orificio hecho por la bala.

—Pues solamente una pulgada más abajo... Y hace ya varios minutos que habría dejado de existir... —comentó, completamente pálido, Dan.

—¡Vámonos de aquí! —sugirió la joven.

—¿Qué hacemos con ese cadáver?

—Que vengan el sheriff y sus hombres por él...

Horas más tarde, en el rancho de Smith todos estaban nerviosos.

—No comprendo esta tardanza... —decía el dueño—. No creo que Blanding se haya dejado sorprender.

—Pues hay que pensar en lo peor —declaró Rock—. Creo que la primera intentona ya ha fracasado... ¡Habrá que volver a intentarlo!

—¡Esta vez seré yo! —exclamó Richard.

—¡No! —Gritó su padre—. Ese muchacho no se fiaría de ti.

—Sabré engañarle... Prestaré el mejor servicio de toda mi vida... ¡Además, deseo ser yo quien le elimine!

—No consentiré que vayas.

—No podrás evitarlo, papá... ¡Quiero ser yo quien se encargue de ese canalla que ha venido a robarme a Nancy!

—Creo que deberías dejar a tu hijo. Con los muchachos no podremos contar. Mucho, menos cuando se enteren de que Blanding ha fracasado... —medió David.

—Aún no lo sabemos —comentó Tommy—. Hemos de seguir esperando.

—¡Será inútil!

A la mañana siguiente recibieron la visita del sheriff, que traía el cadáver de Blanding sobre su propio caballo.

Lo único que dijo es que lo habían encontrado sin vida en medio del campo. Ellos ya sabían que mentía, pero no comentaron nada.

Dan, Nancy y Tab hablaban en el interior de la

casa.

Hacía ya cuatro días que Blanding había muerto.

Blue salía de la vivienda de los vaqueros, cuando se detuvo para contemplar al jinete que en esos momentos desmontaba ante la vivienda principal.

Al reconocer a Richard, no le iba a conceder importancia, pero al ver que éste se iba aproximando a una ventana que comunicaba con el comedor, frunció el ceño.

Era extraño que no fuese a la puerta principal a llamar.

Le estuvo observando durante más de un minuto.

De pronto, al ver que Richard empuñaba un «Colt», fue a sus armas y, sin esperar a más, disparó hasta vaciar el cargador.

Los vaqueros y patronos, así como Dan, salieron con las armas en las manos.

Nancy fue la primera que vio el cadáver de Richard, que tenía empuñados los dos «Colts». Gritando, se cubrió el rostro con las manos.

Entonces comprendieron lo sucedido, al ver a Blue con el «Colt» empuñado... Este explicó lo ocurrido y el porqué de los disparos.

—Venía dispuesto a matarme... —comentó Dan—. Te debo la vida, Blue... ¡No sabré agradecerte lo que has hecho por mí!

Tab estaba muy serio.

—Yo me encargaré de decir a Beth lo sucedido —declaró Nancy.

—No... Seré yo quien comunique a su familia la desgracia —contestó el hermano.

—¡No vayas a ese rancho ahora! —advirtió Dan.

Y entre todos le convencieron.

Beth, al enterarse de lo sucedido a su hermano, lloró desconsoladamente, y no quiso recibir a Tab.

Así estuvo durante una semana, hasta que la madre la convenció del error que estaba cometiendo, demostrándole que el joven no tenía nada que ver con aquello.

—Puedo asegurarte que tu padre tiene mayor

responsabilidad que él. Te ruego que no hagas más preguntas.

Beth quedó sin saber qué pensar.

En esos momentos llegó un vaquero ensangrentado, preguntando por Rock.

Cuando Clovis salió, el vaquero, sin pensar en Beth, manifestó:

—Smith y el resto de los muchachos han sido eliminados por los militares.

Y dicho esto, cayó sin vida del caballo.

Su padre, como un loco, corrió hacia las cuadras y, segundos más tarde, salía al galope.

—¿Por qué han matado a Smith los militares, mamá? ¿Y por qué huye papá?

La pobre mujer explicó los negocios que su esposo tenía con Smith y Tommy.

—Por eso te decía que Tab no tiene nada que ver con la muerte de tu hermano... ¡Tu padre es el verdadero responsable...! ¡Hace tiempo que le dije que la ambición de Smith sólo le traería desgracias! Pero yo también tengo mi culpa... Debí obligarle a que dejase esos asuntos.

Y la mujer se abrazó llorando a su hija.

Mientras tanto, Dan, en compañía del sheriff, entraba en el local de Tommy.

Segundos después lo hacía Rock Clovis.

—¿Tienes mucha harina? —preguntó Dan.

—Bastante... ¿Por qué?

—Me refiero a la que lleva munición para...

No pudo continuar. Se detuvo para utilizar el «Colt».

Tommy estuvo a punto de conseguir matarle.

Rock elevó las manos pidiendo clemencia. Pero en estos momentos entró un teniente con varios soldados, diciendo:

—¡Sus órdenes han sido cumplidas, mayor Johnson!

Todos miraban extrañados a Dan.

—Está bien, teniente... —dijo—. Todos los culpables han muerto.

—¿Alguna otra cosa?

—Puede retirarse y llevar el cargamento de armas hacia el fuerte. Diga al coronel que pronto me presentaré yo.

—¡A sus órdenes! —y el teniente salió, en compañía de los soldados.

Dan se aproximó a Rock Clovis y le dijo en voz baja:

—¡Huya antes de que el sheriff reaccione! ¡Márchese a México y cambie de vida! ¡Lo hago por su hija Tab! Pero si le veo alguna vez, le mataré.

Rock no se hizo repetir la orden.

El sheriff iba a intervenir, pero Dan le dijo:

—Solamente usted sabrá que he dejado escapar a uno de los complicados. Espero que no me traicione.

El sheriff, sonriendo, dijo:

—¡Tienes un gran corazón, muchacho! ¡Puedes estar tranquilo…! ¡Nadie sabrá que Rock Clovis estaba complicado en este asunto!

Beth y su madre abrazaron a Dan, agradeciéndole lo que había hecho por el padre y el esposo. Luego lo hicieron con el sheriff.

Más tarde, cuando Dan contó todo lo que había pasado y el motivo de su estancia en la ciudad, Nancy, contenta, contestó:

—¡Me engañaste muy bien! ¡Te creí un cowboy!

—Pues a nosotros no nos engañó, ¿verdad, patrón? —dijo Blue.

—Así es… Le vimos reunirse con un militar hace ya cerca de un mes.

Dan, riendo, exclamó:

—¡Y pensar que yo creí que os tenía engañados!

—Pues no fue así… —dijo Tab—. ¿Cuándo regresarás?

—Dentro de un par de semanas… Vendré en compañía de mis padres… No quiero que falten a mi boda.

Y dicho esto, abrazó a Nancy, besándola.

—Espero que estés aquí para nuestra boda,

Dan... —dijo Maud, abrazándose a Blue.

—¡No faltaré, descuida! ¿Y vosotros?

—Dejaremos que transcurran unos meses. Nos casaremos en México, donde mi padre ha comprado una hacienda —dijo Beth.

El que le mandaba las armas, resulto ser el director de una fábrica de armas pariente lejano de Smith.

Blue, dejo de ser capataz para ayudar a Maud en su local.

El sheriff, que no se iba a presentar como candidato en las elecciones que iba a haber, fue casi obligado a que siguiese en su cargo. Se lo pedían con tanto cariño, que aceptó.

La madre de Beth, estaba pensando en ir a vivir con su esposo a México.

Pero días antes de su marcha, los rurales que solían pasar muy a menudo la frontera, se enteraron que Rock Clovis, que allí se hacía llamar de otra manera, fue encontrado asesinado en su hacienda.

Nadie supo quién fue el autor.

**FIN**